TUMULTE

TATOUEURS CHICAGO SUD

MENOFINKED.COM

Tatoueurs Chicago Sud
MEN OF INKED®

Manœuvre

Confluence

Accro

Tumulte

Amour

MENTIONS LÉGALES

Édition : Bliss Ink & Chelle Bliss
Publié le 2021
Éditeur : Silently Correcting Your Grammar
Traduit de l'anglais par : Well Read Translations
Photo de couverture : © FuriousFotog
Modèle de couverture : Quinn Biddle

À ma tante Debbie,
Merci d'être qui tu es. Je ne pourrais pas rêver d'une
meilleure tante.
Tu es aimante, fière, et les satanés cookies, gâteaux et tartes
que tu prépares sont les meilleurs au monde.
Plus sérieusement... Merci pour tout ce que tu fais, merci de
t'occuper de papi et mamie et d'être toujours là pour moi.
Tu es d'un altruisme rare.
Je t'aime pour toujours.
Chelle

CHAPITRE 1
VINNIE

— PFFF... Vous en avez encore pour longtemps ? demande une voix de femme dans mon dos.

J'avance vers le fond de l'ascenseur en grognant, la tête dans la brassée de cartons que je porte, tout en essayant de ne pas tout faire tomber.

— C'est quoi, le problème ?

— Je dois monter, répond la femme, et vous monopolisez l'ascenseur.

J'entasse les cartons dans un coin en grinçant des dents. J'aurais mieux fait d'engager des déménageurs... Quelle corvée ! Qui aurait cru que j'avais autant d'affaires ? Entre ma piaule dans l'Indiana et mon ancienne chambre chez mes parents au-dessus du bar, j'ai amassé une quantité invraisemblable de trucs inutiles. Mais la fille qui tape du pied sur le carrelage du hall n'en a que faire.

Quand j'ai acheté l'appartement, je n'ai pas relevé le fait qu'il n'y avait qu'un seul ascenseur pour les cinquante logements de l'immeuble. J'étais trop excité d'acquérir mon premier bien immobilier, qui se trouvait être le seul appartement-terrasse disponible dans le quartier.

— Je vais vous faire une place.

Je pousse quelques cartons sur le côté pour lui libérer de l'espace et sors de l'ascenseur à moitié plein. Elle râle et entre en me bousculant.

— Quel sans-gêne, marmonne-t-elle.

Elle a des allures de garce et des jambes qui, si elle les enroulait correctement autour de mon cou, pourraient facilement m'étrangler.

Et puis, elle a un de ces culs… haut et moulé dans un short de sport sous le crop-top qu'elle porte et qui met en valeur le tatouage noir au-dessus de sa ceinture qui est un réel appel au sexe.

Quand elle se retourne, elle est encore plus spectaculaire de face que de dos : elle a de gros seins, une peau couleur caramel et de longs cheveux bruns qui caressent sa poitrine comme le feraient mes mains si j'avais l'ombre d'une chance avec elle.

— Vous avez fini, oui ou non ? dit-elle en croisant les bras.

Je me suis fait surprendre à la mater, mais je ne vais pas m'amuser à l'admettre.

— Fini quoi ?

Comment pourrais-je ne pas la mater ? En se promenant dans une tenue pareille, elle s'attend forcément à quelques regards. Entre toutes les parties dénudées de son corps et le caractère moulant de ses fringues, elle pourrait aussi bien se balader toute nue.

Elle lève une main vers son visage et je suis son mouvement du regard.

— Mes yeux sont ici.

Je pourrais avaler ma langue de stupéfaction en découvrant ses lèvres roses, ses pommettes hautes et ses yeux couleur bronze.

Allez, Vinnie, c'est juste une fille sexy...

J'ai été avec des douzaines de filles sexy, mais voilà : je suis un amateur de jolies femmes et je les trouve plus belles les unes que les autres. Je ne me sers pas d'elles pour autant. Je vénère leur beauté et leur douceur et je me perds corps et âme dans le plaisir que je leur donne autant que dans celui que j'en retire.

— Vous avez fini de me regarder comme ça, bêtement ?

Je ne peux pas détacher mes yeux de sa bouche quand elle parle. Les commissures de ses lèvres remontent un peu dans un mouvement tellement sensuel… J'ai l'impression d'avoir perdu tous mes moyens, ce qui est nouveau pour moi.

C'est peut-être dû au fait que je n'ai couché avec personne depuis des semaines, ayant décidé qu'il valait mieux garder ma queue dans mon froc pendant la transition entre l'université et ma nouvelle vie de footballeur professionnel. Je fais mes premiers pas dans l'âge adulte.

Je m'éclaircis la gorge et attrape quelques cartons supplémentaires.

— Je ne vous regardais pas bêtement…

Elle abaisse une épaule et incline la tête avec l'air de celle à qui on ne la fait pas.

— Vous me regardiez fixement.

Je ne me démonte pas et mens comme un arracheur de dents :

— J'essayais d'évaluer combien de cartons pouvaient encore tenir dans l'ascenseur avant qu'on monte.

Il n'y a aucune chance que je donne à cette caractérielle professionnelle plus de munitions pour me tirer dessus. Je pose une autre pile de cartons dans l'ascenseur. Quand je me redresse, je ne peux pas m'empêcher de laisser mon regard traîner un peu trop longtemps sur ses jambes.

— Vous recommencez, me dit-elle en tapant du pied à nouveau.

Je me redresse. Il faut que je me débarrasse de ce méchant sort de vaudou que cette fille a jeté sur moi. Bien décidé à user de ce charme qui fait tomber les culottes des filles depuis mes quinze ans, je déclare :

— Je m'appelle Vinnie Gallo.

Je tends une main entre nous en arborant le sourire de tueur qui a amené tellement de filles dans mon lit que même le fondateur de *Playboy* aurait de quoi rougir.

Elle regarde ma main sans bouger.

— Bianca Hernandez.

— Bianca.

J'aime la musique que fait son prénom dans ma bouche. Je ne me souviens pas d'avoir jamais eu de Bianca dans mon lit.

— J'emménage au 11A.

Je retire ma main tout en me glissant à l'intérieur de l'ascenseur, dans l'espace étroit qui sépare Bianca du tableau de commande des étages. On est si prêts l'un de l'autre que je peux sentir le parfum qu'elle a mis ce matin.

— Super.

Il n'y a pas une once de joie dans sa voix. Elle n'a pas daigné me regarder à nouveau, trouvant le revêtement marron du sol à nos pieds bien plus intéressant que moi.

— J'habite au 11 B.

Mon sourire s'élargit.

— Nous sommes voisins !

Je n'avais pas pris la peine de me renseigner auprès de

l'agent immobilier sur la fréquentation de l'immeuble et ne lui avais même pas demandé qui partagerait le dernier étage avec moi. Je ne pensais pas que ça aurait la moindre importance, puisque je ne prévoyais pas de passer beaucoup de temps chez moi. Ceci dit… la tournure que prennent les événements n'est pas pour me déplaire.

— Je n'ai jamais été aussi heureuse de toute ma vie, répond-elle avec sarcasme.

Entre sa mauvaise humeur et son caractère qui rivalise avec celui de ma sœur, cette fille a tout pour me déplaire. Pourtant, quelque chose chez elle me donne envie d'enlever les couches de son armure pour voir ce qu'il y a dessous.

— Que diriez-vous d'appuyer sur le 11 ? Je suis en retard et je n'ai pas toute la journée devant moi pour bavasser.

— Désolé, dis-je en enfonçant le bouton avant de lui lancer un regard en coin. Journée chargée, hein ?

Elle relève lentement son visage pour me fixer de ses yeux couleur miel.

— Puisque nous allons être les seuls à occuper le onzième étage, mettons un peu les choses au clair, commence-t-elle.

Je hoche la tête sans dire un mot, parce que ma mère et ma sœur m'ont appris quand parler et quand me taire. Et là, c'est clairement le moment de me taire et d'écouter cette petite insolente de Bianca.

— Je me lève tôt, donc je ne fais pas la fête le soir ni ne tolère que des connards fassent du bruit et m'empêchent de dormir. Je travaille chez moi et j'apprécie la paix et la sérénité que le onzième étage me procure. Ne gâchez pas ça.

— C'est noté, dis-je tandis qu'elle observe mes bras, ce qui ne m'échappe pas.

Je contracte légèrement mes muscles, sachant combien ils sont impressionnants. Je consacre la moitié de mon entraînement quotidien à mes bras. J'essaie de les rendre encore plus forts qu'avant pour commencer la saison en marquant un point dès le départ sur le terrain. Elle ajoute :

— N'allez pas imaginer qu'on sera copain-copain juste parce qu'on a quelques murs mitoyens.

Son regard s'attarde sur mes avant-bras comme le mien l'avait fait sur ses jambes.

— Et si je n'ai plus de sucre ?

— Il y a une épicerie au coin de la rue, répond-elle rapidement.

— Et plus de crème ?

— Je n'ai que du lait de soja.

Bon sang.

Cette fille a réponse à tout, comme si je n'étais pas le premier crétin à avoir des idées coquines à son égard, ce qui est forcément le cas. Son caractère fait probablement fuir tout le monde, mais moi, il ne me choque pas. Chez les Gallo, le tempérament est quelque chose qui fait partie du décor dès la naissance.

Sa façon de vouloir me tenir à distance peut au contraire me faire l'effet d'un défi et me donner envie de le relever. L'ascenseur s'ébranle avant d'arriver à l'étage et Bianca tombe en avant, dans mes bras. Je prends ça comme un signe du Ciel et j'en déduis que le grand boss est de mon côté.

— Je vous tiens, dis-je en la maintenant par la taille pour la stabiliser et parce que j'apprécie de la sentir contre moi.

Ses mains fines se resserrent autour de mes bras tandis qu'elle se repousse en arrière. Les yeux plissés, elle me lance un regard noir.

— Qu'est-ce que vous faites ?

Ses ongles pénètrent ma chair, ajoutant une légère douleur

au plaisir de sentir son corps contre le mien. Je relâche instantanément sa taille.

— Je voulais vous éviter de tomber.

— Aucune chance que je tombe. J'ai l'habitude, ça arrive tout le temps, dit-elle sans enlever ses mains de moi pour autant.

De ses paumes douces posées à plat sur ma peau, elle pétrit légèrement mes muscles comme font les chats sur les couvertures moelleuses quand ils sont contents.

Quand je baisse les yeux sur les parties de nos corps toujours en contact, elle se détache enfin.

— Désolée, dit-elle avant de s'éclaircir la gorge.

— Aucun problème.

Pour ma part, je ne suis pas désolé le moins du monde. Au contraire, j'aimerais voir ces doigts effilés aux ongles colorés de vernis rouge cerise s'enrouler autour de mon sexe pendant que ces lèvres roses et généreuses me suceraient. J'ajoute :

— Ça arrive.

À sa façon de me regarder, j'ai l'impression qu'elle va m'embrasser pour ouvrir la danse. Je retiens mon souffle. Mon corps tout entier frissonne d'excitation.

Baiser dans un ascenseur est une expérience que j'ai déjà vécue, mais je ne serais pas contre remettre ça avec cette petite bombe. Seulement, elle ne m'embrasse pas. Elle ne me touche pas. Elle presse un bouton sur la paroi dans mon dos et l'ascenseur se remet en branle.

On se fixe en silence pendant qu'on monte au dernier étage. Peut-être qu'elle aussi sent cette tension érotique dans l'air. Comment pourrait-elle ne pas la sentir ? Elle s'est déclenchée au moment où nos corps se sont touchés, dès la seconde où elle est tombée dans mes bras, placée contre moi comme une évidence.

Dès que l'ascenseur s'arrête au onzième étage, elle en sort presque en courant, se glissant entre les portes avant qu'elles ne soient complètement ouvertes.

Tout en regardant ses fesses remuer quand elle traverse le couloir vers son appartement, je lance :

— Heureux d'avoir fait votre connaissance, Bianca !

Elle plante sa clé dans la serrure de sa porte et me regarde enfin.

— N'en faisons pas une habitude, dit-elle en détaillant mon corps de la tête aux pieds.

Quand elle disparaît chez elle, je réajuste ma demi-gaule dans mon pantalon de survêt en gémissant, tout en me disant :

— Putain, Vinnie, ne baise pas la voisine…

Je ne suis ni à l'université ni dans une location. La dernière chose à faire est de me rassasier avec cette princesse latine sexy, pour ensuite être chaque jour tenté par ses lèvres boudeuses… alors qu'elle aurait juste envie de me crever pour me faire payer mon comportement.

J'ai un sacré problème.

Je suis un amateur de femmes.

De toutes les femmes.

En règle générale, je ne couche pas avec la même plus d'une fois, à moins qu'elle ait un talent particulier que j'aie envie de tester une nuit de plus.

Coucher avec Bianca serait une très mauvaise idée, autant pour elle que pour moi.

Je pousse la porte du pied et m'arrête dans l'entrée de mon appartement pour admirer l'incroyable vue sur la ville et sur le stade où je vais jouer toute l'année.

Je suis chez moi.

De retour sur mes terres, avec une foule de concitoyens prêts à acclamer mon nom. Je devrais me préoccuper de déballer mes cartons, ce qui risque de me prendre un temps infini, mais alors que je déambule devant les fenêtres panoramiques, je ne peux penser à rien d'autre qu'à la trique de malade gracieusement offerte par le joli petit morceau de fille de l'autre côté du mur.

Ça commence bien, putain.

CHAPITRE 2
VINNIE

— EH BEN, tu t'es bien foutu dans la merde.

Clarence sèche ses cheveux en frottant sa tête avec une serviette tout en m'adressant ce regard plein de jugement qui le caractérise.

— Pour un gars du coin, tu es vraiment un stupide enfoiré.

— Mec, je n'ai rien fait.

Je me penche et pose mes coudes sur mes genoux, fixant la flaque d'eau à mes pieds.

— Pourquoi est-ce qu'elle ne jette pas son dévolu sur quelqu'un d'autre ?

Pour la première fois de ma vie, je ne veux pas de l'attention d'une femme. Tracie Turner est la petite-fille du président de l'équipe, et elle est complètement frappadingue.

Avant que je signe mon contrat avec Chicago, elle me poursuivait déjà, débarquant dans les fêtes du campus alors qu'elle n'était même pas étudiante et faisant tout ce qu'elle pouvait pour attirer mon attention et tenter de m'exciter.

En vain.

J'ai très peu de limites, mais les folles à lier sont au sommet de ma liste des filles à ne pas baiser.

J'ai eu le nez fin. Je peux m'accommoder de filles un peu barges, mais Tracy est bien pire que ça. Elle n'est qu'à un pas de la cellule capitonnée avec camisole de force, mais la fortune de sa famille protège sa liberté en lui permettant de continuer à courir les rues.

J'ai cru qu'elle me laisserait tranquille une fois l'entraîne-ment pour la saison commencé. Je me suis dit que quelqu'un de sa famille ou du bureau principal lui dirait de lâcher l'af-faire, mais personne ne l'a fait. Ou si quelqu'un le lui a dit, elle n'en a eu que faire.

Clarence secoue la tête et laisse tomber sa serviette sur le sol carrelé des vestiaires.

— Tu es trop gentil avec cette dingue de garce.

— J'essaie d'être gentil avec tout le monde. Hey, dis-je en pointant ma poitrine avec un pouce, je suis la nouvelle recrue, idiot. Je ne peux pas faire le connard.

Je n'ai pas encore fait mes preuves sur le terrain ni gagné ma place de titulaire, chose dont je rêve depuis tout petit. Avec le départ de l'ancien quarterback, la place est libre, mais on est trois gars sur le coup.

Je ne ferai rien qui puisse bousiller mes chances, et ça implique de ne pas être méchant avec Tracie. Clarence n'est pas de mon avis…

— Avec elle, tu peux, dit-il.

Je frotte mon visage à deux mains. J'aimerais trouver comment détourner l'attention de Tracie vers quelqu'un d'autre.

— Il doit bien y avoir un moyen de m'en débarrasser…

— Faut croire que tu n'as plus qu'à prendre ton mal en patience. Elle trouvera peut-être quelqu'un d'autre à harceler, mais pas avant l'arrivée de la nouvelle chair fraîche, en hiver, répond-il en riant, se délectant de ma misère. D'ici là, tu es bon pour supporter qu'elle te suive partout en essayant d'arracher ton pantalon.

Il enfile son tee-shirt d'un coup sec avant de me toiser de ses yeux bruns et sombres.

— Ne t'avise pas, en aucune circonstance, de coucher avec elle.

J'en ai la mâchoire qui tombe.

— Clarence, tu me fais confiance, quand même…

Il hausse un sourcil.

— J'en ai vu des meilleurs que toi devenir victimes de sa folie. Ils étaient alors immédiatement remplacés et éventuellement effacés de la circulation.

— Putain, dis-je en grinçant des dents puis, je me lève rapidement pour finir de m'habiller, impatient de foutre le camp d'ici.

— Tracie ! appelle quelqu'un à l'autre bout des vestiaires, alertant tout le monde que cette salope est arrivée. Tu n'es pas censée venir ici !

Clarence me regarde et m'adresse un clin d'œil.

— Tu ferais mieux de décamper, dit-il avant de réfléchir en parcourant la salle des yeux. Quoique… Ne pars pas avant elle. Reste dans un lieu public où il y a du monde. Ne la laisse pas te coincer seul.

Espérant qu'il soit au moins à mes côtés quand j'essaierai d'empêcher Tracie de me peloter, je lui demande :

— Tu resterais avec moi ?

Il secoue la tête.

— J'ai rendez-vous avec ma chérie et si je suis en retard, je vais en voir de toutes les couleurs.

— Tu me laisses tomber, frère.

— Ah, mon cœur, te voilà ! dit Tracie en contournant les casiers pour tomber sur Clarence et moi qui nous dévisageons, immobiles.

Clarence n'essaie même pas de dissimuler son rire tandis que le cliquetis des talons hauts de Tracie se rapproche dans mon dos. Il ne prend pas la peine de lui dire bonjour ni de me dire au revoir : il se contente de partir, me laissant seul avec elle. Enfin, aussi seul qu'on peut l'être dans un vestiaire bondé. Il y a même des gens de la presse.

— Hey.

Je fouille dans mon casier sans la regarder, à la recherche d'un vêtement. Je ne tiens surtout pas à rester à moitié nu près d'elle. Elle essaie toujours de me peloter et sa façon de me mater quand je suis torse nu me fait froid dans le dos : je ne sais pas si elle a envie de me lécher ou de me dépecer avec un couteau suisse pour revêtir ma peau comme l'autre malade mental du *Silence des Agneaux*.

Elle s'appuie contre les casiers en me bouffant des yeux avant que je puisse enfiler mon tee-shirt.

— Il y a une fête, ce soir. Ça va être chaud.

— Amuse-toi bien, dis-je en rentrant mon haut dans mon pantalon pour empêcher ses doigts de sorcière d'érafler mes abdos.

— J'ai besoin d'un cavalier, dit-elle, comme si je devais m'en inquiéter. Et devine qui va m'y emmener ?

— Marty ? dis-je avec un haussement d'épaules, en faisant l'imbécile.

Il n'y a aucune chance que je l'accompagne où que ce soit.

— Toi, idiot ! répond-elle en gloussant bêtement.

J'en ai la chair de poule.

— Je ne peux pas. Je travaille au bar, ce soir.

— Oh, dit-elle en haussant un sourcil tandis qu'un sourire fend son visage. Je peux passer la soirée au bar, à la place.

Je regrette immédiatement de lui avoir donné cette information et dois faire marche arrière.

— Va à la fête. Tu mérites de t'amuser.

Elle tend son bras pour toucher le mien mais je recule.

— Je dois filer. Je suis à la bourre.

Tracie plisse les yeux en ramenant son bras contre sa poitrine comme si elle s'était brûlée.

— Peut-être qu'on se verra ce soir.

— C'est ça…

J'acquiesce, mais je projette déjà d'appeler des potes pour filtrer la clientèle, l'empêcher d'entrer et faire une nouvelle scène dans le bar.

La dernière fois que Tracie s'est pointée à *Accro & Tumulte*, il a presque fallu que je la prenne sous le bras pour lui faire quitter les lieux. Elle avait fait fuir presque toutes les clientes, décrétant qu'elles se montraient un peu trop aguicheuses envers moi. Elle était allée jusqu'à déclarer à l'assemblée présente que j'étais son mec et que je représentais une chasse gardée. Je paie encore les frais de ses conneries alors que c'était il y a deux mois.

Je commence à m'éloigner quand elle me lance :

— N'oublie pas à qui tu appartiens.

À ces mots, mon corps tout entier se fige. Je me retourne pour lui faire face avec sur le visage une expression des plus sérieuses.

— Tracie… dis-je avec un ton grave et la voix basse, parce que je n'ai pas envie que les autres gars dans le vestiaire entendent ce que je m'apprête à lui dire. On va tirer une chose au clair…

Elle croise les bras et affiche un sourire narquois en me voyant revenir vers elle à grandes enjambées.

— Quoi donc ?

Je m'arrête de manière à rester hors de sa portée.

— Je ne suis pas et ne serai jamais *à toi*.

Elle se redresse en repoussant les casiers et marche droit sur moi, me regardant comme si j'étais une proie.

— Tu oserais me dire non ? Tu sais qui est mon grand-père, pas vrai ?

Je lui tiens tête en croisant mes bras sur ma poitrine et en prenant la posture la plus imposante possible, comme une bête sauvage.

— Je sais parfaitement qui est ton grand-père, Tracie, mais ça ne te donne aucun droit sur moi. Il n'y a rien entre nous. Il n'y aura jamais rien. Alors si tu veux courir retrouver ton papi pour colporter des mensonges sur moi, dis-je en jetant un regard vers la porte des vestiaires, vas-y tout de suite, qu'on en finisse.

Elle pose une main sur ma poitrine en faisant la moue.

— Je pensais qu'il y avait quelque chose de spécial entre nous, Vinnie.

— Il n'y a rien, dis-je pour enfoncer le clou, car Tracie n'a pas l'air de bien mesurer à quel point je ne veux rien de ce qu'elle propose.

— On a eu un moment...

— On n'a rien eu du tout et de toute façon, j'ai une petite amie. Imagine le scandale que ça ferait dans ta famille... Ton papi ne serait pas très content.

Elle soulève un sourcil et enfonce ses ongles dans ma poitrine à travers mon tee-shirt.

— Qui ?

Comme un abruti, je lance le seul nom de fille qui me vient à l'esprit :

— Bianca.

On s'est croisés dans le hall d'entrée ce matin. Elle revenait d'une séance de sport, toute rouge et en sueur, quand j'allais me rendre au complexe sportif pour l'entraînement. Je lui ai dit bonjour mais elle m'a dépassé en grognant sans même daigner m'adresser un regard.

— Bianca, répète Tracie comme si le nom lui écorchait la bouche.

— Hey, Gallo ! le coach veut te voir, me dit Tre, notre meilleur receveur rapproché, apparaissant à l'angle des casiers et nous découvrant Tracie et moi un peu trop proches l'un de l'autre pour garantir la tranquillité de tous.

Je lève le menton à son attention, le remerciant en mon for intérieur de venir à mon secours.

— J'y vais ! dis-je d'une voix forte sans détacher mes yeux de Tracie. Je dois y aller. On en reste là. Va parler à ton grand-père ou bien lâche-moi la grappe. Tu peux toujours me faire du chantage, je ne coucherai pas avec toi, Tracy. Il est peut-être temps que tu trouves une nouvelle victime.

Si un regard pouvait tuer quelqu'un, je serais un homme mort.

———

— Gallo, dit le coach en se calant contre le haut dossier de son fauteuil et en me fixant par-dessus son bureau. On est impressionnés par tes compétences sur le terrain et les gars de l'équipe ont l'air de t'apprécier, ce qui n'est jamais gagné d'avance.

J'entends un *mais* se préparer à changer le cours de la

conversation. Je m'attends à un truc du genre : « mais tu n'as pas l'ombre d'une chance de commencer cette saison » ou bien « mais on pense que tu peux faire mieux. »

— Mais on a un problème avec Tracie et toi.

Je ne m'attendais pas du tout à entendre ça de sa bouche. Je fronce les sourcils.

— Tracie et moi ? Il n'y a pas de Tracie et moi. Vous savez qu'elle est dingue, n'est-ce pas ?

En temps normal, ce n'est pas mon genre d'employer ce genre de termes en parlant de quelqu'un, mais il n'y a aucune autre façon de la décrire.

Le coach se frotte la nuque en soupirant.

— Elle est différente.

Si *différente* est une façon déguisée de dire *délirante*, alors il est dans le bon registre.

— J'ai une petite amie, coach, et elle ne s'appelle pas Tracy, dis-je en réitérant mon mensonge, histoire de creuser ma tombe encore un peu plus. Je n'arrête pas de dire à Tracie de me laisser tranquille, mais elle ne m'écoute pas.

Il se penche en avant et pose ses mains vieillissantes sur son bureau.

— C'est bien ce que je craignais.

Comment son grand-père la laisse-t-il approcher les joueurs de cette équipe ? Elle n'a pas un comportement normal. Son incapacité à regarder la réalité en face malgré mes efforts pour la lui faire comprendre prouve qu'elle est folle à lier.

— Je toucherai deux mots au vieux Turner à propos de sa petite-fille et je verrai s'il est possible de l'écarter de la saison.

— Il ferait ça ?

— Écoute…

Il marque une pause en frottant lentement ses mains l'une contre l'autre tout en me fixant.

— Cet homme croit en toi. Il pense que tu pourrais être celui qui ramènera l'équipe dans le cœur des gens de Chicago et nous permettra d'atteindre les éliminatoires d'ici quelques années. S'il apprend que Tracie t'incommode, je suis sûr qu'il s'en chargera personnellement.

J'oublie Tracie un instant pour me focaliser sur ce qu'il a dit d'autre. *Les éliminatoires. Tu pourrais être celui qui...* J'aime entendre ces mots et je sais maintenant que ma place est solide, tant que je ne fous pas tout en l'air avec Tracie et son grand-père.

— Évite-la jusqu'à ce que je parle à Turner.

Je me penche en me pinçant l'arête du nez et viens poser mes coudes sur mes genoux.

— C'est ce que j'ai fait. Mais elle vient jusque dans les vestiaires pour m'accoster en plein jour.

— Va te doucher chez toi et prépare-toi là-bas jusqu'à nouvel ordre. Tu habites dans le coin, non ?

— Juste en bas de la rue.

— Ne prends aucun risque dans les prochains jours. Et va à la fête de l'équipe avec ta petite amie ce week-end pour être vu en public avec quelqu'un d'autre. Ça aidera à faire taire les ragots à propos de Tracie et toi.

Je marmonne *merde* et prends une profonde inspiration avant de m'adosser au dossier de la chaise en réfléchissant à un moyen de faire accepter à Bianca de m'accompagner à la fête.

— Je vais voir si elle est libre.

— Fais en sorte qu'elle le soit, Gallo. L'enjeu est trop important. Tu m'as entendu ?

— J'ai entendu, coach, dis-je en hochant la tête.

Mais je sais que ça ne va pas être de la tarte. Comment pourrait-elle m'accompagner en soirée alors que je n'arrive même pas à lui faire lever les yeux vers moi ?

J'ai bien peur qu'il me faille ramper à ses pieds et la prier jusqu'à lui inspirer suffisamment de pitié pour qu'elle m'accompagne quelques heures et me permette de garder la face devant monsieur Turner.

CHAPITRE 3
BIANCA

— TU NE RAJEUNIS PAS, me dit ma mère.

J'ai activé le haut-parleur de mon téléphone et l'écoute pendant que je termine la vaisselle dans l'évier.

— Georges est parfait pour toi et il pourrait donner de nombreux enfants à notre famille.

— Ma, sérieusement… Tu as pété un boulard ?

— Je ne sais pas ce que ça veut dire, mais je suis très sérieuse. Qu'est-ce qui ne te convient pas chez Georges ?

— Voyons… Tu as combien de temps devant toi ?

Je ris, mais apparemment, elle n'apprécie pas mon sens de l'humour.

Georges est aussi ennuyeux que le nom qu'il porte. Il est programmeur et passe autant de temps enchaîné à son bureau que moi. Il n'est pas à l'aise en société et ne l'a jamais été depuis notre plus jeune âge, probablement parce qu'il quittait à peine sa chambre, accro qu'il était aux jeux vidéo. Il n'est pas déplaisant à regarder, mais bon sang, il est aussi passionnant à observer que de l'eau qui bout.

— Il a un bon travail, sa famille t'adore et il a sa propre voiture.

Putain, c'est pas vrai... ! Je lève les yeux au ciel.

— Donc, si un homme possède sa propre voiture, il est bon à marier ?

Je ne sais pas dans quel siècle vit ma mère, mais pas dans celui-là, en tout cas. Bien des femmes n'ont pas besoin d'un homme pour être épanouies, et je suis l'une d'entre elles. J'ai réussi dans la vie, je suis propriétaire de mon appartement et j'ai une voiture. Je n'ai pas besoin d'un homme pour subvenir à mes besoins, mais ça n'empêche pas ma mère d'insister.

— Et il a de belles dents, aussi, ajoute-t-elle comme si ce petit détail allait faire toute la différence.

Si cette conversation dure encore, mes yeux vont me sortir de la tête.

— Non mais tu t'entends parler ?

Depuis que j'ai eu vingt-cinq ans, ma mère est sur mon dos à me bassiner pour que je me marie au plus vite et que je fasse des gosses. Elle ne cesse de me répéter qu'à mon âge, elle avait déjà trois enfants et qu'elle était mariée depuis cinq ans. Ça devait correspondre à la norme de sa génération, mais pour ma part, je me concentre sur ma carrière et n'ai aucune envie de m'investir dans une relation qui ne soit pas au minimum spectaculaire.

Selon ses critères, je gâche ma vie et bientôt, mes ovules se dessécheront et mourront, me laissant stérile et seule pour le restant de mes jours.

— Je veux ton bonheur, Bianca.

Je passe mes nerfs sur le torchon que je ratatine en une boule minuscule.

— Je suis heureuse, Ma. J'ai un bon métier, un bel appartement et ma propre voiture. Je n'ai pas besoin d'un homme.

— Fais comme tu veux, ma chérie ! crie mon père en arrière-plan.

Curieusement, ma mère adhère toujours aux opinions d'une époque révolue. Sans un homme à ses côtés, une femme n'est rien. Quels que soient l'envergure de ma réussite professionnelle et l'état de mon compte en banque, à ses yeux, j'ai besoin d'un homme. Dieu merci, ce n'est pas l'avis de mon père.

— Merci, papa.

Je souris de savoir que mon père prendra toujours ma défense.

— Tais-toi, lui dit ma mère, et je suis sûre qu'elle lui fera payer son intervention sans tarder.

— Arrête, Ana. Bianca est jeune. Laisse-la vivre, un petit peu.

— Ne me touche pas, dit ma mère avec un léger rire. Tes charmes ne fonctionneront pas sur moi.

J'ai un léger haut-le-cœur parce que je sais ce qu'elle entend par *charmes*.

— Je dois vous laisser, je suis en retard.

Je n'ai pas envie d'écouter mon père conter fleurette à ma mère une fois de plus.

— En retard ? Il est sept heures… Où vas-tu à une heure pareille ? demande ma mère.

— J'ai un rendez-vous.

Je baisse les yeux sur mes pieds nus et observe le vernis écaillé de leurs ongles. Je me garde de donner des précisions à ma mère, parce qu'elle partirait en vrille.

— Oh. Je te laisse filer, alors, répond-elle d'une voix toute guillerette. Appelle-moi demain pour me raconter comment ça s'est passé.

— Je le ferai. Comme toujours, dis-je en sachant que je lui mentirai, comme toujours.

Il y a six mois, je me suis fait une promesse :

Rester célibataire pendant un an. Me vider la tête des salauds de mon passé pour assainir ma vie. Je n'ai jamais été très bien inspirée dans le choix de mes compagnons. J'ai toujours déniché les pires tocards. Je n'ai connu que des coureurs de jupons infidèles et menteurs.

Je n'ai plus de temps à consacrer à ces conneries dans ma vie. L'incapacité des hommes à être sincères et à garder leur queue dans leur froc nuisait à mon travail, mais dorénavant, plus rien ne me détournera de mes objectifs.

Je n'ai pas dit à ma mère que j'évitais les hommes depuis des mois pour garder les esprits clairs en vue de finir d'écrire mon livre en cours. Elle péterait un câble, si elle le savait. Et il est plus simple de lui mentir que de lui faire comprendre mes raisonnements.

— Mets ta robe rouge, dit-elle, essayant toujours de diriger ma vie. Et amène-le à la fête, parce que je n'aimerais vraiment pas t'y voir seule.

— Salut, Ma.

Je raccroche avant qu'elle ait pu ajouter autre chose. Parfois, parler avec ma mère revient à courir un marathon mental. Devoir toujours revenir sur les mêmes sujets est épuisant.

Après avoir allumé la télévision pour lancer ma chaîne de streaming, je me jette quasiment sur le canapé. Cet hiver, j'ai commencé à mettre la main sur toutes les séries télévisées que je pouvais. Ça m'aidait à occuper mes soirées et à me déconnecter des longues journées passées à taper sur le clavier de l'ordinateur. L'hiver s'est changé en été et je n'arrive toujours pas à trouver l'énergie nécessaire pour sortir avec mes amis et aller danser. À la vie nocturne et aux hommes, je préfère mon canapé et la télévision.

Richard, le héros plus que sexy du feuilleton qui est devenu ma nouvelle obsession, est à deux doigts de conclure avec la femme qu'il convoite depuis un an. Je suis collée à l'écran, attendant que leurs lèvres se touchent enfin en retenant mon souffle. La tension devient palpable à mesure que leurs bouches se rapprochent.

Toc, toc.

Je laisse tomber ma tête en avant en grognant. J'ai eu beau regarder la saison deux fois la semaine dernière, j'ai l'impression d'attendre depuis des siècles de les voir s'embrasser. Qui que soit l'intrus devant chez moi, il a intérêt à avoir une sacrée bonne raison de choisir ce moment précis pour venir frapper chez moi.

Sans réfléchir, je me précipite vers la porte et l'ouvre d'un coup sec telle une femme possédée, parce qu'on n'a pas idée de m'interrompre devant ma série préférée.

Je me retrouve devant les yeux les plus verts qui soient : ceux de mon nouveau beau gosse de voisin, cet homme que j'ai évité à tout prix, parce qu'il est tellement beau qu'il ne peut qu'être source de problèmes.

— Hey, dit-il avec un sourire en coin.

La légère rougeur qui m'est montée au visage la dernière fois que je l'ai rencontré est à présent une réelle inflammation. Ce type est sublime, je dois bien l'admettre. Et vu son comportement, je suis sûre qu'il en est tout à fait conscient.

— Je peux vous aider ?

— Je m'appelle Vinnie.

— Je m'en souviens.

J'essaie de le regarder dans les yeux mais c'est très difficile, sachant qu'il est torse nu. Son corps est surréaliste. Il doit passer une éternité dans des salles de sport à lever des poids et à faire des squats pour avoir une musculature aussi parfaite.

Son regard plonge et en le suivant, je tombe sur ma brassière de sport et mon collant de yoga. Bien que je sois habillée, je me sens plus nue qu'il ne l'est.

Il lève le bras et se frotte la nuque.

— Je me demandais si vous accepteriez de…

Je ne sais pas vraiment ce qu'il raconte ensuite parce que je suis hypnotisée par la contraction de ses biceps quand il passe sa main d'avant en arrière sur sa peau, et obnubilée par le fantasme de me le faire.

Son mouvement me met en transe. Une sorte d'extase pour une fille qui n'a pas été baisée depuis six mois.

Quand je relève enfin les yeux vers son visage, il me regarde avec un sourire sexy qui dit : « je sais que tu me mates ».

Je cligne des yeux. Je suis sûre qu'il n'a pas du tout dit avec sa bouche ce que mon esprit a entendu.

— Excusez-moi ?

— Est-ce que vous me rendriez ce service ? Je vous en devrais une bonne… Je vous revaudrai ça.

Je repousse de mon visage une mèche de cheveux échappée de mon chignon désordonné. J'ai tout à coup l'impression de me trouver en plein désert sans le moindre abri pour me protéger d'un soleil torride.

— Quel service ?

Il laisse retomber son bras. Entre sa posture et l'éclairage du hall, il ressemble à une statue exposée dans un musée pour une exposition sur l'apogée de la masculinité.

— Je sais qu'on est partis du mauvais pied, hier.

Je grimace, me rappelant quelle garce j'ai été.

— Je suis désolée. J'étais dans un mauvais jour, ça n'avait rien à voir avec vous.

— Pas de problème. Ça m'arrive aussi.

Il est gentil, ce qui me rend nerveuse, parce qu'il n'y a aucune chance qu'un mec aussi démesurément sexy le soit réellement.

— Je sais que je vous en demande beaucoup et que vous ne me devez rien, alors je comprendrais que vous me disiez d'aller me faire foutre ; mais ma carrière est peut-être en jeu.

J'attrape la poignée de la porte pour m'aider à rester droite sur mes jambes. Entre la tension à la télé et maintenant cette bombe sexuelle à ma porte, mon corps est plus éveillé qu'il ne l'a été depuis des mois.

— De quoi avez-vous besoin, déjà ?

Je me donnerais des claques. De grandes claques. Il est devant ma porte depuis moins d'une minute et j'ai déjà trouvé le moyen de passer pour la plus idiote des créatures terrestres. J'ai du mal à suivre la conversation et je me demande bien ce qu'il peut penser de moi.

Il repose sa main sur sa nuque et mon regard dérape vers ses muscles. Je peux le faire. Je peux me concentrer sur ce qu'il dit au lieu de baver sur les mouvements de son corps qui semble me supplier de tendre ma main pour en caresser la peau soyeuse.

— Je me demandais si vous sortiriez avec moi, juste pour un soir. En tout bien tout honneur.

Mes yeux se braquent sur son visage, mais je suis à court de mots alors qu'il poursuit :

— Je suis dans le pétrin, au travail, et je voulais savoir si vous pourriez m'accompagner à un dîner professionnel. Vous me tireriez d'affaire. Je vous rendrai la pareille, bien sûr.

J'ai un brusque mouvement de recul quand je comprends ce qu'il me demande.

— Vous voulez que j'aille à une soirée avec vous ?

— Il s'agit d'une fête où il y aura du monde, pas d'un tête-à-tête. Je promets de me conduire en parfait gentleman et de garder mes mains dans mes poches.

— Oh. Eh bien, je...

À vrai dire, je ne sais pas quoi répondre. C'était bien la dernière chose que je m'attendais à entendre de sa bouche.

Et d'un coup, j'ai une illumination. J'entends la voix de ma mère en boucle dans ma tête et ses reproches continuels à propos de mon célibat. La fête d'anniversaire de mes parents approche et toute ma famille y sera. Si je m'y pointe toute seule, je n'en finirai jamais d'entendre le refrain sur la tristesse que je leur inspire en n'étant pas capable de me trouver un homme.

On va faire un échange de bons procédés. C'est une opportunité idéale. Je lui rendrai service en allant avec lui à son dîner professionnel et en retour, il devra m'accompagner à la fête d'anniversaire.

— Je vais vous dire ce qu'on va faire...

J'arrive à peine à croire que les mots puissent sortir de ma bouche.

— J'irai avec vous, mais seulement si vous m'accompagnez ensuite à une autre fête.

Ses yeux s'illuminent et son fichu sourire me coupe le souffle.

— Bien sûr. Tout ce que vous voudrez. Je suis votre homme.

Son sourire s'agrandit et j'en tombe presque à la renverse mais, d'une manière ou d'une autre, j'arrive à poursuivre ma proposition.

— Si je vous accompagne, vous devrez être à mes côtés à l'anniversaire de mes parents.

— Je fais toujours un carton auprès des parents.

J'en doute. Cet homme respire le péché à un kilomètre, il est bâti pour le plaisir. Aucun père ne se réjouirait de voir sa fille sortir avec un malabar lubrique dans son genre. Quant aux mères… Elles sont différentes. Je peux facilement imaginer ce type rafler la mise auprès de quiconque a un vagin entre les jambes. Il ramènerait n'importe quel utérus d'entre les morts !

— Ta soirée, elle a lieu quand ?

— Ce samedi.

— Je pense être libre, dis-je en feignant l'incertitude.

Je refuse d'admettre la triste réalité de ma vie, à savoir que je suis libre tous les soirs. La seule chose que j'avais prévu de faire ce week-end était de me goinfrer de mon nouveau plaisir pervers à la télévision, seule dans mon canapé.

— Parfait, dit-il. Le rendez-vous est pris, mais qui n'est pas un vrai rendez-vous, donc. Je vais vous donner mon numéro.

— Pourquoi ?

— Heu… dit-il en riant doucement et en haussant les épaules. Au cas où vous auriez la moindre question.

— Je pourrai traverser le palier et vous la poser directement.

— Je ne suis pas toujours chez moi et je voudrais que vous puissiez me joindre si vous en avez besoin. S'il vous plaît, prenez juste mon numéro…

Il me le demande presque en suppliant et ça me plaît.

— Attendez.

Je me retourne et me dirige lentement vers le canapé pour

ne pas avoir l'air trop empressée d'avoir son 06. J'ai fait de mon mieux pour paraître désintéressée depuis notre première rencontre. J'avais réussi, jusqu'à aujourd'hui.

Quand je fais demi-tour après avoir attrapé mon téléphone, je le surprends à mater mon cul. Je mentirais en disant que je n'en suis pas flattée. J'ai fait assez de squats pour être capable de faire rebondir une pièce sur ces satanées fesses sans le moindre ballottement de chair.

Quand je m'approche, il tend sa main vers moi.

— Laissez-moi faire.

Il remue les doigts jusqu'à ce que je lui passe mon portable.

— Beau gosse, dit-il en regardant mon écran d'accueil qui affiche la photo d'un homme dans son genre, plein de muscles et de tatouages et portant peu de vêtements.

— Contentez-vous d'entrer votre numéro.

Je me hisse sur mes doigts de pieds pour regarder ce qu'il fabrique, mais il est trop grand pour que j'arrive à voir quoi que ce soit.

Après qu'il ait tapoté l'écran plusieurs fois, le morceau « Sexy MF » de Prince retentit dans la poche de son pantalon de survêt gris et mon regard plonge vers le son.

Grave erreur.

Les pantalons de survêt ont l'art de mettre en valeur toutes les formes d'un homme. Toutes ses putains de délicieuses formes. Entre sa poitrine nue et musclée et ce que renferme ce pantalon, mon corps me rappelle que je suis, en fin de compte, bien vivante et sacrément excitée.

— Maintenant, vous avez mon numéro et j'ai le vôtre, dit-il.

Il me tend mon téléphone, mais je suis trop absorbée par son corps pour réagir, et plus précisément, par les contours suggérés de son sexe dont la taille dépasse apparemment la moyenne.

Quand je le regarde à nouveau dans les yeux, il a l'air très amusé de me voir mater son beau paquet. Je réponds :

— Vous n'aurez qu'à me dire où et quand.

Je fais une grimace en réalisant que mes mots semblent avoir une connotation bien plus sexuelle que prévu, mais à voir le sourire en coin qui danse sur ses lèvres, ça ne lui a pas déplu.

— Je viendrai vous chercher. Je vous enverrai l'heure par texto après l'avoir vérifiée par deux fois avec mon patron.

Je demande, tout à coup paniquée :

— Comment dois-je m'habiller ?

— Comme vous voudrez. Quoi que vous portiez, vous êtes canon.

Je rougis et le désir sourd entre mes jambes s'intensifie.

Ne va pas là-bas, Bianca. Il te trouve canon.

— Je vous laisse retourner à… dit-il avant de regarder l'écran de télévision derrière moi, *Scandalous Reign*.

— Attendez, vous connaissez cette série ?

Il a un petit sourire satisfait et je ne peux pas m'empêcher de fixer ses jolies lèvres généreuses.

— Je l'ai dévorée le mois dernier.

Je le regarde en plissant les yeux. Mais qui est ce type ? Personne dans mes connaissances ne regarde cette émission, à part des filles, et encore… des esseulées comme moi.

— J'ai compris, dis-je, tout m'apparaissant enfin clairement. Vous êtes gay et vous avez besoin d'une femme pour vous servir de couverture.

Il chancelle en arrière comme si je l'avais frappé en pleine poire.

— Quoi ? Non ! Qu'est-ce qui vous fait croire ça ?

Il me dévisage comme si j'avais deux têtes, mais c'est la seule explication qui me paraisse logique.

Un type comme Vinnie pourrait avoir n'importe quelle femme dans son lit. Il y a probablement une file entière de bimbos attendant dehors en ce moment même, dans l'espoir de prendre leur pied dans ses bras. Et voilà qu'il se tient sur le pas de ma porte, la porte d'une parfaite étrangère, me suppliant de l'accompagner au dîner de son patron. C'est tellement bizarre…

— Les mecs ne regardent pas cette série, en général, et vous n'avez pas besoin de frapper à la porte d'une inconnue pour obtenir un rencard.

— C'est ma sœur et ma mère qui m'ont plongé dans cette émission, répond-il en piquant un fard, et le voir rougir est tellement adorable que j'en ai les jambes molles. Que voulez-vous… J'ai un faible pour les bonnes romances.

Je lâche :

— Donc, vous êtes hétéro ?

J'ai besoin de l'entendre dire, même si une partie de moi préférerait l'entendre avouer qu'il est gay, parce qu'avoir un voisin si sexy pendant ma période de célibat autoproclamée est un coup dur.

Son regard s'intensifie et j'en mettrais ma main à couper que son sexe bouge dans son pantalon, mais je n'ose pas regarder et me contente de voir ce mouvement dans la périphérie de ma vision.

— Il n'y a pas plus hétéro que moi. La masculinité incarnée, ma belle.

— Je dois y aller.

Il faut que je m'éloigne de lui.

De ses muscles saillants.

De son sexe incroyablement réactif.

De ce corps à moitié nu auquel je penserai plus tard, en me caressant.

— Je vous enverrai un SMS, dit-il avec un rapide mouvement du menton.

J'acquiesce en silence.

Je ne peux pas parler.

Toute parole qui sortirait de ma bouche serait libidineuse et sensuelle. Mon corps est en effervescence, mon sexe me supplie de lui autoriser un peu d'action… je suis niquée ! Et pas comme Princesse Victoria s'apprête à l'être dans ma nouvelle émission préférée.

Il reste planté là, me regardant fermer la porte avec ses yeux verts perçants.

— Eh bien, dis-je à voix haute dans mon appartement vide, sachant que les mots qui me viennent à la bouche énoncent une vérité partielle ; merci l'univers… tu m'as bien baisée.

CHAPITRE 4
VINNIE

— C'EST QUOI, cette tête ? me demande Angelo en posant une bière devant Carlos, les yeux braqués sur moi.

J'ai à peine mis deux pieds dans le bar que mon frère me tombe dessus.

— J'ai une belle gueule, hein ? Tu es jaloux, c'est ça ?

Il secoue la tête en se penchant sur le comptoir. Il mâchouille un cure-dent, c'est une nouvelle habitude chez lui.

— Tu as la tête de quelqu'un qu'on a privé de dessert.

Carlos se retourne sur son tabouret pour me jeter un coup d'œil.

— Tu as une sale gueule, mon p'tit, me lance-t-il avec son éternel franc-parler. Des problèmes avec des gonzesses ?

Je grommelle en enfourchant le tabouret à côté de Carlos. Je suis à deux doigts de me fracasser le crâne sur le comptoir en bois sous mes mains quand je réponds :

— C'est Tracie.

— Cette salope est frappadingue, commente Carlos en secouant la tête. Mais parfois, les folles sont bonnes au pieu… Tu savais ça ?

Je le sais. Il n'y a pas une personne sur la planète qui n'a pas eu quelqu'un d'à moitié fou dans son lit à un moment donné. Au début, on peut facilement se croire capable de supporter un petit grain de folie contre une bonne qualité de baise, mais après l'orgasme, quand la folie ressort, on a vite fait de préférer la solitude aux montagnes russes.

Angelo retire son cure-dents de sa bouche et lance à Carlos un regard noir.

— Tu es vraiment à côté de la plaque, des fois, lui dit-il avant de se tourner vers moi et de s'adoucir. Elle te harcèle encore ?

— Elle n'a jamais arrêté. Il ne me reste plus que la passe Hail Mary.

Carlos renâcle à la référence footballistique, mais je poursuis en l'ignorant :

— Je vais aller à la fête de l'équipe accompagné. Le coach a dit qu'il fallait que je m'affiche en public avec quelqu'un d'autre, parce que Tracie raconte à tort et à travers qu'on est en couple.

— Mentir n'est jamais une bonne chose, m'avertit Carlos entre deux gorgées de bière. Tu joues avec le feu, mon p'tit. Tu vas avoir des ennuis.

— Tu es sûr que c'est une bonne idée ? me demande Angelo en ignorant Carlos comme je l'ai fait, parce qu'on sait tous les deux qu'il est presque aussi taré que Tracie.

Je pose un coude sur le comptoir et passe une main sur mon visage.

— Le coach a dit que je devais le faire, alors je vais le faire.

Angelo me menace du doigt.

— Essaie de ne pas choisir une de tes bimbos.

— Ne me prends pas pour un imbécile, d'accord ?

Il hausse un sourcil. Il me connaît probablement mieux que moi-même.

— J'ai trouvé une fille respectable pour m'accompagner. Une fille avec qui je n'ai même pas encore couché.

— Oh, ça va devenir intéressant, intervient Carlos en faisant claquer ses lèvres. Très intéressant.

Je lui lance un regard en biais.

— Tu as fini, avec tes commentaires ?

Il secoue la tête et replonge le nez dans sa bière en marmonnant quelque chose qui se noie dedans.

Angelo sort un verre de sous le comptoir et me le tend, mais je fais non de la tête.

— Qui est cette fille, demande-t-il.

— Ma voisine.

— Elle bosse dans quoi ?

— Qu'est-ce que j'en sais ? dis-je en haussant les épaules.

Je ne lui ai même pas posé la question, et puis ça m'est bien égal, ça n'a aucune importance. J'avais besoin d'un coup de main et son nom est sorti de ma bouche en premier.

Je peux sentir le poids du regard qu'Angelo m'adresse en se servant un verre de soda.

— Je ne sais pas, mon vieux… J'espère que Carlos se trompe, mais cette histoire pourrait être un nouveau panier de crabes.

— Le coach m'a promis qu'il allait s'occuper de Tracie.

Angelo s'immobilise, son verre levé devant sa bouche.

— C'est la petite-fille du président du club, idiot. Comment est-ce qu'il pourrait s'occuper de son cas ? La famille, c'est sacré.

— Peut-être, mais l'argent aussi, c'est sacré, et monsieur Turner est bien décidé à mener la ville en championnat.

Angelo hoche la tête. Il sait de quoi je parle, mais ça ne

l'empêche pas d'avoir raison. La famille, c'est sacré. Il est très délicat de résoudre un problème impliquant quelqu'un qu'on aime.

— Eh bien, j'espère que ça fonctionnera, dit-il.

— Qu'est-ce qui ne va pas ? demande ma mère, sortant enfin de la cage d'escalier d'où elle écoutait la conversation.

— On sait que tu as tout entendu. Qu'est-ce que tu conseilles ?

Elle s'assied sur le tabouret de bar à côté de moi et prend mon visage dans ses mains.

— Tu veux que je parle à monsieur Turner ?

Près de nous, Angelo se tord de rire.

— Quoi ? Non, Ma, dis-je rapidement.

Betty Gallo n'a pas de limites. Elle ferait n'importe quoi pour les gens qu'elle aime, même si ça implique de les couvrir de honte.

— Tu seras toujours mon bébé. Je peux me montrer très convaincante, tu sais, dit-elle en caressant ma joue avec son pouce.

— Ça ferait un tabac, dans les vestiaires, dit Angelo en essayant de retrouver son souffle, mais il repart dans un fou rire.

Je retire les mains de ma mère de mon visage et les place sur ses genoux.

— Ma, je gère. Vraiment. Laisse-moi régler ça.

— J'aurais dû me charger de cette fille après Vegas. Quel scandale, murmure Ma en secouant la tête. Tu disais déjà avoir la situation en main en ce temps-là, mais on dirait que ce n'était pas le cas.

Toute la famille a eu droit à un bon aperçu de Tracie quand elle s'est pointée à l'improviste dans la suite grandiose que j'avais louée pour les sélections. Quand ma mère a ouvert la porte, cette folle ne portait qu'un imperméable ouvert et rien d'autre.

Ça a fait marrer Pop, mais pas Ma, qui a pourchassé la petite rentière à travers tout le couloir jusqu'à l'ascenseur, en lui disant toutes sortes de choses et en agitant ses mains dans les airs.

— Je m'en suis occupé, Ma. Mais je devais faire mes preuves, d'abord. S'il te plaît, pour l'amour du Ciel, n'interviens pas.

— Mon bébé, je ne te ferais jamais de tort, répond-elle en m'adressant un sourire doux et innocent.

Ne pas me faire de tort et s'occuper de ses affaires sont deux choses entièrement différentes. Ma mère a toujours tendance à se montrer évasive dans ses réponses tout en manigançant des plans dans sa tête.

Je la regarde, pas amusé pour un sou.

— Ça n'est pas un non, Ma. Promets-moi que tu ne feras rien.

— D'accord, soupire-t-elle. Comment comptes-tu te débarrasser d'elle ?

— Le coach s'en occupe.

Elle hausse un sourcil. Je sais qu'elle attend des explications supplémentaires.

— Il y a une fête avec l'équipe samedi soir. Je dois y aller accompagné pour montrer que je ne suis pas en couple avec Tracie. Ensuite, il ira voir monsieur Turner pour lui parler de cette affaire et trouver une solution qui convienne à tout le monde.

Ma ne dit rien. Elle remue la tête comme si elle était en grand débat intérieur.

— Je ne sais pas, marmonne-t-elle. Ça pourrait marcher, mais ce n'est pas gagné. Qui t'accompagne ?

— C'est...

Elle plaque une main sur ma bouche avant que j'aie pu prononcer le nom de Bianca.

— J'ai la fille idéale pour toi. Emma Claire !

Je manque de m'étouffer dans sa paume en entendant ce nom. Emma Claire est une gentille fille, mais rien ne m'attire chez elle.

— Il n'y a aucune chance pour que j'emmène Emma Claire.

Ma mère me donne une claque amicale sur la joue.

— C'est une chouette fille. Tais-toi donc.

— Elle ne fait pas des études pour être nonne ? demande Angelo, sachant combien il est ridicule que ma mère mette son nom sur le tapis.

Ma lui jette un regard noir.

— Qu'y a-t-il de mal à ça ? C'est une honnête fille.

Angelo lève les mains en l'air.

— Ma, je ne pense pas que des joueurs professionnels de football américain soient dignes d'Emma Claire et de ses prières, c'est tout. C'est une fille trop bien pour traîner dans ce genre de fêtes.

— Laisse tomber, avec Emma Claire, Ma. C'est hors de question. Les gens qui me connaissent ne croiraient pas une seconde que je puisse être en couple avec elle.

— Très bien. Qui est la fille que tu emmènes, alors ? Laquelle de tes bimbos, cette fois ?

— Bianca, ma voisine.

— Ahh, dit-elle en se signant. Une brave petite italienne.

— Non. Une latine sexy.

— Catholique ? me demande-t-elle du tac au tac.

— Je ne sais pas.

Je la regarde bizarrement. Qu'est-ce que sa religion a à voir avec le schmilblick ?

— On ne va pas se marier. On fait juste un échange de rencards.

— Un échange de rencards ?

Elle me dévisage puis regarde Angelo comme s'il avait une explication, mais il se contente de hausser les épaules.

— Elle m'accompagne à la fête et j'irai avec elle au dîner d'anniversaire de ses parents.

— Voilà à quoi en est réduite votre génération ? demande-t-elle avec un air méprisant.

— Je ne vois même pas de quoi tu parles. On s'entraide, c'est tout.

— C'est quoi, son nom de famille ?

Bon Dieu. J'ai l'impression d'être cuisiné par un détective de Chicago.

— Je n'en sais rien.

Elle lève les yeux au plafond et marmonne quelques gros mots en gaélique.

— Peut-être que je devrais rencontrer cette fille.

Angelo remue sa main devant moi.

— Ma, laisse-le s'en occuper. C'est un grand garçon, maintenant.

Elle m'attrape par les épaules et me regarde droit dans les yeux.

— Cette fille pourrait être une détraquée mentale.

— C'est Tracie, la détraquée mentale, Ma. Bianca est une voisine qui m'a bien fait comprendre que je ne l'intéressais pas.

— Elle joue la désintéressée.

— Betty ? appelle Tilly après avoir ouvert la porte d'en-

43

trée du bar, volant à mon secours sans le savoir. Vous pourriez m'aider une minute ?

— On n'en restera pas là, me dit Ma en descendant du tabouret de bar pour rejoindre Tilly.

— Tu pourras me remercier plus tard de t'avoir tiré de là, dit Angelo en tapotant le comptoir en bois devant moi.

— Elle est impitoyable, dis-je en secouant la tête.

J'aimerais tellement que notre mère ne se sente pas toujours obligée d'intervenir dans nos vies.

— Ça part d'une bonne intention, mais ensuite elle se laisse emporter.

J'écoute mon frère en acquiesçant avant de prendre congé.

— Je ferais mieux de me grouiller. J'ai des trucs à faire avant de revenir bosser ce soir. Je serai de retour à temps.

Il lève un sourcil et je sais bien qu'il n'en croit pas un mot.

— Tu es toujours en retard. Je parie que tu seras en retard à ton propre enterrement.

— Je serai là à sept heures.

— Six heures, abruti. Ne t'amuse pas à ça. Tate a son cours de danse, ce soir.

Pour ma nièce, je serai à l'heure. Cette petite me mène par le bout du nez. Je ne sais pas comment mon frère arrive à lui dire non à quoi que ce soit ; moi, j'en suis incapable. Je n'ai jamais pu et ne le pourrai jamais.

Je passe par l'arrière du bâtiment pour rejoindre ma voiture en évitant de passer devant les grandes fenêtres du magasin de cupcakes. Je ferai tous les détours du monde pour ne pas avoir à nouveau ma mère sur le dos, essayant de me vendre les vertus d'Emma Claire.

Je me dirige vers *Macy's* pour acheter une nouvelle

chemise. Toutes les miennes sont quelque part dans des cartons et il y a de grandes chances qu'elles ne voient pas le jour avant Dieu sait quand. Entre le camp d'entraînement et la saison de foot, je ne vais avoir le temps de rien.

En dehors du football, ma vie est un vrai chantier. Dire que je trouvais difficile la pratique de ce sport à l'université... Ce n'était rien comparé aux exercices d'entraînement chez les professionnels !

CHAPITRE 5
BIANCA

J'AI PASSÉ la plus grande partie de la semaine à regarder l'écran blanc de l'ordinateur. Les mots dont j'ai tant besoin ne viennent pas et malgré tous mes efforts, je semble incapable de penser à autre chose qu'à mon voisin sexy et souvent à demi nu.

J'ai essayé toutes les postures de yoga de mon bouquin, j'ai couru sur mon tapis de course jusqu'à épuisement, mais rien n'arrive à dévier mes pensées de l'homme aux yeux verts, musclé et torse nu, qui se trouve juste à quelques pas.

Il a été très discret depuis qu'il a emménagé. Je l'avais prévenu que j'avais besoin de calme, mais ce silence n'a pas aidé ma concentration. Même toutes les heures passées devant *Scandalous Reign* ne sont pas venues à bout de ma créativité érotique.

— Tout se passe comme tu veux, avec ton manuscrit ? me demande Susan, mon agent, m'ayant téléphoné sans crier gare.

— Absolument !

Je préfère mentir que de l'entendre disjoncter. Je me mets déjà assez de pression comme ça, je n'ai pas besoin d'ajouter sa panique à la mienne.

— La date butoir de l'éditeur est dans cinq semaines, me rappelle-t-elle, comme si j'avais pu l'oublier.

— Je sais, je sais.

— Des éditeurs étrangers sont déjà sur le coup. Ça pourrait être ton plus gros succès, Bianca.

Ça ne me met pas du tout la pression…

— C'est génial, dis-je sans le moindre enthousiasme dans la voix.

— Qu'est-ce qui ne va pas ?

— Rien, Susan. Tout va très bien.

— Pourquoi est-ce que tu ne m'enverrais pas ce que tu as écrit jusqu'ici ? Je pourrais le lire et te faire passer quelques notes.

J'observe les trois robes plus ou moins sexy que j'ai étalées en travers de mon lit, ne sachant pas laquelle serait la plus appropriée pour la fête de ce soir.

— Je préfère attendre d'avoir fini, pour que rien n'interfère avec mon inspiration.

— Je comprends, répond-elle sans se douter que je n'ai pas la moindre ligne à lui envoyer. Mais j'aimerais pouvoir jeter un œil à tes nouveaux chapitres la semaine prochaine.

— Je dois y aller, je suis très en retard.

J'ai toujours respecté mes dates butoirs, mais je suis rarement en avance. Je pensais qu'en renonçant aux hommes j'écrirais plus facilement, mais j'étais complètement à côté de la plaque et à présent, j'en paie les frais.

— Où vas-tu ?

J'entends la surprise dans sa voix. Elle connaît mon

emploi du temps mieux que moi-même, surtout depuis que ma vie est devenue prévisible à en mourir d'ennui.

— À une fête avec un ami.

— Un petit ami ? demande-t-elle, toujours aussi indiscrète.

Je prends la robe rouge et la plaque contre mon corps en me regardant dans le miroir sur pied accroché à côté de mon armoire.

— Il a besoin qu'on l'accompagne à une fête avec ses collègues de boulot.

— Ce sont les pires fêtes qui soient, gémit-elle.

— Merci de me faire partager ton enthousiasme, Susan. Tu sais toujours comment me mettre l'eau à la bouche.

Elle pouffe.

— Peut-être que tu y trouveras des sources d'inspiration.

— Heu, oui.

Elle n'a pas idée du volume d'inspiration dont j'aurais besoin pour finir ce satané bouquin. Vinnie n'a pas été d'une grande aide, jusqu'ici. Je divague chaque jour en repassant dans ma tête l'image de sa poitrine nue et de son fichu pantalon de survêt gris, mais rien de tout ça ne se transforme en mots sur la page.

— OK, va te préparer. Tiens-moi au courant de ta progression. Je t'appellerai dans une semaine si je n'ai pas de tes nouvelles.

— Je n'en doute pas.

Je me passerais bien de l'entendre pendant des mois, mais plus on approche d'une date butoir, plus elle multiplie les textos, les mails et les appels téléphoniques.

— Au revoir, Bianca.

— À plus, Susan, dis-je rapidement avant de balancer mon portable sur le lit.

Il faut que je m'active. La robe rouge est la seule que je possède à être classe et sexy sans être vulgaire. Le reste de ma garde-robe se décline en vêtements de détente ou en tenues de sport qui ne feraient pas l'affaire ce soir. Je me faufile dans la robe et tente en vain d'attraper la fermeture éclair dans mon dos. Je grogne. Je déteste ces moments où je n'ai pas une autre paire de mains à ma disposition pour ce genre de tâche.

Mes cheveux sont remontés en un chignon parfait tenu par des épingles cloutées de petits brillants pour ajouter un peu d'éclat à mes boucles brunes. Je n'ai jamais été aussi maquillée depuis le mariage de ma cousine Vivian l'an dernier. J'ai dû m'y reprendre à deux fois et regarder un tuto sur YouTube pour réussir le *smoky eye*.

Je fais un pas en arrière pour m'observer dans la glace. Je me demande si ce look est approprié pour la soirée. Je ne lui ai pas demandé ce qu'il fait dans la vie et s'il a une profession ennuyeuse comme comptable ou prof, je suis peut-être un peu trop sexy.

Quand on frappe à la porte, je me tends et mon cœur se met à battre deux fois plus vite. Je n'ai pas le temps de changer d'avis ou de tenue. *Tout va bien*, me dis-je à moi-même en lissant le devant de ma robe. *Tu es jolie.*

Matt, mon dernier petit ami, a dévasté mon ego. Il passait plus de temps à pinailler sur mes défauts qu'à me faire des compliments. Dès que j'avais un peu trop de graisse, il l'empoignait à tout bout de champ pour me rappeler que je devais faire plus d'exercice. Il était obsédé par l'apparence et la mienne ne semblait jamais lui convenir.

Il est celui qui m'a poussée à renoncer aux hommes. J'ai préféré me concentrer sur mon travail plutôt que sur ses attentes surréalistes en matière de beauté.

Quand on frappe une deuxième fois, je crie :

— J'arrive !

Je prends une profonde inspiration et m'applique à me rappeler qu'il ne s'agit que d'un service et rien d'autre.

Il est plus simple de n'avoir aucune attente. Si je n'attends rien de cette soirée, je n'ai aucune chance d'être déçue.

À l'instant où j'ouvre la porte, je manque d'avaler ma langue. Mon voisin était hyper sexy l'autre jour, quand il se tenait devant moi à moitié nu. Mais bon sang, en chemise et pantalon, cet homme est tout simplement divin.

— Wahou, dit-il en me regardant de la tête aux pieds. Vous êtes magnifique !

Je suis émoustillée par le compliment, mais j'essaie de me la jouer cool alors que mon corps est au bord de la surchauffe, je me contente de répondre :

— Vous n'êtes pas mal non plus…

La façon dont ses manches sont roulées sur ses avant-bras me fait de l'effet jusqu'aux orteils. J'ai un faible pour les muscles et ce type en a partout.

— Vous pourriez fermer ma robe ? dis-je en me retournant parce que j'ai besoin de laisser passer l'expression de stupéfaction qui transparaît sur mon visage sans qu'il ne me voie.

Il se rapproche et je peux sentir la chaleur de son corps. Quand il attrape la fermeture éclair d'une main et pose l'autre sur ma hanche, mes genoux cèdent presque. Je suis bien trop à fleur de peau et je réalise que ne pas avoir baisé depuis six mois n'était pas une idée très ingénieuse. Je n'ai jamais été aussi excitée par un contact si anodin.

Ses doigts s'enfoncent dans la chair de ma hanche avec poigne.

— Joli tatouage, dit-il.

Sa bouche est si près de mon oreille que j'en ai des frissons.

— J'ai perdu un pari, dis-je en parvenant difficilement à articuler. J'étais obligée de le faire et je me suis dit qu'au moins, sur la chute des reins, je ne le verrai pas.

— Mais moi, je le vois, répond-il de sa voix rauque et profonde. C'est sexy.

Le bout de ses doigts frôle ma colonne vertébrale alors qu'il remonte la fermeture d'un mouvement tellement lent qu'il me met à l'agonie.

— Et ton tatouage ? dis-je en passant inconsciemment au tutoiement.

J'avais pu l'admirer l'autre jour quand il se tenait à demi nu sur le pas de ma porte, mais je n'avais pas osé en parler.

— L'aigle, le drapeau et DN représentent mon pays et mon école. L'attrape-rêve me rappelle de faire ce qu'il faut pour que mes aspirations deviennent réalité. Mais il n'y a pas vraiment de sens caché derrière tout ça.

— C'est joli, sur toi.

Ma robe est fermée, à présent, mais sa main s'attarde sur ma taille. Je me concentre sur ma respiration et non sur la sourde douleur qui s'est réveillée entre mes jambes parce que ce type démesurément sexy se tient tout près avec une main posée sur moi.

— Bianca, murmure-t-il en se rapprochant un peu plus encore.

Je retiens mon souffle en silence.

Il avance d'un pas et son corps se retrouve presque appuyé contre le mien.

— Je n'ai pas été complètement honnête avec toi.

J'essaie de me retourner, mais il m'en empêche en resserrant son emprise sur ma taille.

— À propos de quoi ?

J'ai la chair de poule partout.

— Ne te mets pas en colère, mais… commence-t-il alors que mon ventre se remet à papillonner. Il se peut que j'aie dit à tout le monde que tu étais ma petite amie. Pour être crédible, je vais sûrement devoir te toucher un peu ce soir. Je ne voudrais pas que tu me frappes si j'essaie de te prendre la main ou de passer un bras autour de ta taille.

— Oh.

J'ai la tête qui tourne. Je ne comprends pas pourquoi un type aussi beau que lui a besoin de mentir sur le fait d'avoir une petite amie. Je mettrais ma main à couper que les filles se jettent à ses pieds en lui offrant leur corps pour son bon plaisir. Je ne suis pas du genre à être gaga pour un mec, mais avec sa façon de me toucher, je suis à deux doigts de bazarder la fête pour tourner la page de mon abstinence sexuelle et lui demander de me baiser.

— Ça ira, si je te touche ?

Je reste silencieuse un instant pour avoir l'air d'y réfléchir, alors que je crève d'envie de m'écrier *Oui, touche-moi, je t'en prie !* Au lieu de ça, je hoche la tête en respirant profondément avant de répondre :

— Oui. Je te dirai si tu vas trop loin.

Au point où j'en suis, en fait, je ne suis pas sûre qu'il puisse aller trop loin. Je me demande si Vinnie m'aurait fait le même effet si j'avais eu des relations ces six derniers mois… Tu parles ! La sensualité de ce mec dépasse toutes les bornes, et avec tous ces muscles, il est un appel au sexe.

— Je promets d'être un gentleman, respectueux, mais je ne pourrai pas garder mes mains dans mes poches ce soir. Mon boulot en dépend.

— OK, dis-je dans un murmure.

Au fond, je suis un peu triste. J'aimerais qu'il me touche par plaisir et non par obligation. Au moins, il est sans ambiguïté, ça m'évitera de nourrir des espoirs ou de me faire de fausses idées.

— Tous les mecs de la soirée vont être jaloux de moi, je dois dire. Aucune de leurs compagnes n'est aussi belle que toi.

Sa remarque me prend au dépourvu et mon visage s'embrase.

— Tu n'es pas obligé de me cirer les pompes, Vinnie. Un deal est un deal.

À présent, ses deux mains sont sur ma taille et il me fait pivoter pour qu'on soit face à face.

— Je ne te cire pas les pompes, dit-il en transperçant mon âme de ses yeux émeraude. Je suis très sérieux. Tu es magnifique.

— Je n'ai pas l'air bouboule, là-dedans ?

Bouboule est un mot que Matt employait souvent. Je suis pulpeuse, avec des hanches généreuses et une taille de guêpe, et j'ai des fesses dont Jennifer Lopez serait fière.

— Bouboule ? répète Vinnie, désorienté.

— Oui. Grosse, quoi. Est-ce que j'ai l'air grosse, là-dedans ?

— Tu as l'air appétissante, dans cette robe.

Ses doigts se resserrent sur ma taille et tout l'air de la pièce semble s'évaporer.

— Si cette soirée n'était pas si importante et si je te plaisais, je serais déjà en train de vénérer ton corps.

— Tu es plutôt sûr de toi, dis-je sur un ton taquin, essayant de faire comme si je ne crevais pas de désir qu'il m'arrache ma robe et enfouisse son visage entre mes jambes.

— Ma belle…

J'ai toujours détesté les petits noms affectueux, mais je ne sais pas pourquoi, sorti de sa bouche, ça n'est pas si désagréable.

— Je sais me montrer très convaincant, dit-il en me faisant un clin d'œil.

J'essaie d'avaler ma salive, mais ma bouche est tout à coup plus sèche que tous les déserts du monde. Tout ce dont je suis capable, c'est de le regarder en clignant des yeux et en me demandant ce qu'il vaut au lit. *Ne t'aventure pas sur ce terrain-là. Il est comme tous les autres.*

J'essaie de changer de sujet avant que tout ça finisse dans mon lit à bousiller la promesse que je me suis faite :

— Ta voiture ou la mienne ?

— Prenons la mienne, répond-il.

— J'ai une voiture plutôt chouette…

J'ai fait un crédit ridicule pour l'acheter et ne la conduis presque jamais. Je n'ai pas pu résister à l'envie de m'offrir ce produit de luxe, je rêvais tellement de posséder quelque chose d'aussi futile !

— Quand on ira à ta fête, tu pourras la prendre. Mais ce soir, laisse-moi te conduire comme un homme.

Ah. Le machisme. À croire que c'est un gène particulier : certains l'ont, d'autres pas.

— Donc, c'est ton rôle de conduire ?

Il secoue la tête.

— C'est mon rôle de prendre soin de toi. Laisse-moi te gâter, même si ce n'est que pour une soirée.

Ce type sait trouver les mots. Je suis indépendante, parfois même trop. Mais il y a des moments où j'aimerais bien me laisser aller et me reposer sur quelqu'un. Ce soir, je laisserai Vinnie se conduire comme un homme et profiterai de chaque instant d'insouciance. J'accepte en répondant :

— Juste pour ce soir.

Quand il retire ses mains de moi, son contact et la douce morsure de ses doigts chauds et puissants me manquent instantanément.

Peut-être que cette idée n'était pas la meilleure, mais il est trop tard pour faire demi-tour.

CHAPITRE 6
VINNIE

— Y A-T-IL une ferme spécialisée dans l'élevage de gars baraqués dans le coin, qui m'aurait échappé ? demande Bianca dès qu'on entre dans la salle de réception du Ritz.

Je m'esclaffe en jetant un regard circulaire dans la pièce. Il faut bien reconnaître que presque tous les mecs présents sont taillés comme moi. Certains sont plus corpulents que d'autres, mais à part les entraîneurs, personne n'est gringalet.

— On est obligés d'être musclés.

Elle me regarde par-dessus son épaule.

— Qu'est-ce que tu fais, au juste ?

Je souris, fier de pouvoir enfin prononcer les mots pour lesquels j'ai sué sang et eau depuis des années :

— Je suis footballeur.

— Tu veux dire… un vrai footballeur ?

— Y a-t-il de faux footballeurs ?

— Gallo ! dit mon coach dès qu'il nous voit. Et voilà sûrement la belle Bianca dont j'ai tant entendu parler.

Je souris à Bianca.

— C'est elle, dis-je en posant une main dans le creux de ses reins, ce qui n'est pas pour me déplaire.

— Ravi de faire votre connaissance. Vinnie m'a dit beaucoup de bien de vous, déclare mon coach Malik en tendant la main à Bianca, sans me regarder.

Elle pose sa paume dans la sienne et il se penche pour lui baiser la main. Mon corps se crispe à leur contact et je fais glisser ma main autour de sa taille pour l'attirer contre moi.

— Coach… dis-je en grommelant.

Il ne fait que se conduire en gentleman, pourtant, mais ça me déplaît quand même.

— Je vous laisse trouver vos marques. Prenez un verre et un bain de foule, dit-il en souriant sans quitter Bianca des yeux.

Pas besoin de détailler l'assemblée pour savoir qu'elle est la plus belle femme de la soirée. Elle est belle naturellement. Magnifique, même. Les femmes des gars de l'équipe se sont fait injecter tellement de Botox que leurs visages ne bougent quasiment plus. Entre les injections et la chirurgie esthétique, je parie qu'elles ne ressemblent plus du tout aux filles dont leurs maris sont tombés amoureux il y a quelques années.

— Attends, dit Bianca dès que le coach s'éloigne. Qui es-tu ?

— Vinnie Gallo. Avec un peu de chance, le nouveau quarterback de Chicago.

Elle s'apprête à reculer, mais je la maintiens contre moi.

— Tu es footballeur professionnel, chuchote-t-elle.

— Je suis nouveau. Je viens juste d'être sélectionné.

Elle cligne des yeux.

— Putain… J'ai regardé les sélections avec mon père et mes frères. Je me souviens de toi !

— On ne m'oublie pas facilement, dis-je avec un sourire en coin.

— Je t'avais oublié, me répond-elle, taquine, avec un léger sourire. Mais maintenant, je me souviens. Ma famille était surexcitée, ils ont tous crié devant la télé quand ton nom a été appelé.

— Tu as crié mon nom, toi aussi ?

— Non, dit-elle en riant.

— Ça viendra, dis-je en resserrant mon emprise autour de sa taille.

Elle devient instantanément toute rouge, mais elle ne m'envoie pas balader pour autant, alors je pense avoir marqué un point. Être avec elle ce soir a quelque chose de naturel, jusqu'ici. C'est peut-être dû au fait qu'on n'attend rien de cette soirée, ni l'un ni l'autre ; en tout cas, ça me plaît. Elle n'est pas comme les filles que j'ai connues. Elle ne cherche rien à obtenir de moi.

— À qui ai-je l'honneur ? demande Clarence en interrompant notre tête-à-tête.

— Je te présente Bianca, dis-je avant d'ajouter, en remuant la main en direction de l'intrus : Bianca, voici Clarence, un beau salaud.

Il me donne une claque sur la poitrine et je sursaute.

— Je suis son meilleur pote dans l'équipe. N'écoutez pas cet idiot, répond Clarence.

Bianca ouvre de grands yeux.

— C'est un grand honneur de vous rencontrer, monsieur. Je suis une immense fan.

Allez savoir pourquoi, je suis jaloux de Clarence. J'aimerais que Bianca soit l'une de mes fans à moi, pas à lui. Je veux que ce soit mon nom qu'elle scande le dimanche, pas celui de Harris.

— Vinnie devrait vous emmener voir l'un de nos entraî-nements.

Aucune chance que je l'emmène à l'entraînement. Déjà, la faire venir ici au milieu de tous ces enfoirés n'était pas la meilleure idée que j'aie eue. Elle n'est même pas à moi et j'ai déjà peur qu'on essaie de me la prendre. Le coup que j'ai reçu hier sur le terrain était peut-être plus fort que je croyais.

— Ce serait merveilleux, répond Bianca en souriant.

— On en reparlera, dis-je d'une voix monocorde, ma main toujours sur sa taille.

Clarence hausse un sourcil, captant peut-être mon état d'esprit. Je précise :

— Ce n'est pas vraiment un endroit pour les dames.

— Arrête de faire ta chochotte, dit Clarence en me donnant une autre claque. Amène la jolie dame avec toi un de ces quatre.

— La jolie dame n'a peut-être pas envie de se retrouver mêlée à un régiment de connards en sueur, dis-je en serrant les dents.

J'aimerais tellement que Clarence la ferme… Mais Bianca intervient avec un sourire narquois :

— La dame en question aimerait beaucoup venir à l'en-traînement.

Elle se tourne vers Clarence.

— Je n'ai jamais été contre un peu de sueur, ajoute-t-elle avec un clin d'œil, et je crois mourir sur place.

— On verra, dis-je en marmonnant.

Elle glisse un bras autour de ma taille, me tenant comme je la tiens. Ses ongles plongent dans ma chair.

— Mon chéri, je serais ravie de voir où tu travailles, dit-elle avec un sourire forcé, sans desserrer les dents.

— Ma belle… dis-je en contractant mes doigts dans la merveilleuse douceur de sa taille.

— Vinnie, nous interrompt une voix qui me fait grimacer.

Clarence écarquille les yeux.

— Qu'est-ce qu'elle fout là, cette bimbo ? demande Tracie en regardant Bianca comme si elle n'était qu'une merde.

— C'est ma petite amie, dis-je fièrement.

Le regard de Tracie glisse vers moi.

— C'est moi, ta petite amie.

Bianca se fige dans le creux de mon bras.

— Je devrais peut-être y aller, dit-elle en essayant de se libérer de mon étreinte.

Je secoue la tête en serrant Bianca contre moi, ne la laissant pas partir.

— Ne bouge pas, lui dis-je avant de fusiller Tracie du regard. Je ne sais pas ce que visiblement tu ne comprends pas dans « il n'y a pas de *nous* », Tracie. On n'est pas un couple. Je suis plus que pris, comme tu peux le voir.

Tracie reste un instant la bouche ouverte.

— C'est ce qu'on verra, dit-elle sur un ton de défi avant de s'éloigner en rejetant ses cheveux par-dessus son épaule.

— Qui est-ce ? demande Bianca en levant le menton vers Tracie qui s'en va, dans tous ses états.

Clarence fait un geste en direction de Tracie et répond en secouant la tête lentement.

— Rien qu'une folle…

— Donc, tu te fais harceler ? me demande Bianca qui n'a pas l'air amusée du tout. Tu ne crois pas que tu aurais dû me prévenir ?

— C'est la petite-fille du président du club.

La bouche de Bianca forme un O parfait.

— Eh bien, c'est embarrassant pour toi, mais…

— Non, c'est plutôt affolant, intervient Clarence avant d'ajouter en riant : la folie mentale en talons.

— Super, marmonne Bianca sans se détendre d'un iota. Tu m'as jetée en travers du chemin d'une folle ? Putain, merci beaucoup !

— Clarence, tu peux nous laisser une minute ?

Je pense qu'il me faut expliquer tout ce qui est parti de travers ces six derniers mois.

— Bien sûr. On est au fond, et Marquita vous a réservé deux chaises à notre table.

Je lève le menton à son attention. J'aimerais tant ne pas avoir à perdre une minute de plus à propos de Tracie.

— Merci, mec.

Il s'est à peine éloigné de quelques pas que Bianca se dégage de mon étreinte et me fait face, les yeux plissés, prise d'une colère totale.

— Je suis ton répulsif anti-folle ? dit-elle, les mains sur les hanches, à deux doigts de m'en coller une. Tu es complètement con, ou quoi ?

Je passe une main dans mes cheveux. J'ai l'impression d'être un salaud.

— Le coach a dit qu'il fallait que je prouve en public que Tracie et moi n'étions pas et ne serions jamais en couple. Il m'a demandé d'amener ma petite amie pour que monsieur Turner prenne conscience que la folie de sa petite-fille a encore dépassé les bornes.

— Encore ? répète-t-elle, bouche bée. Elle est coutumière de ces conneries ?

— Elle est connue pour harceler les joueurs.

Elle soulève les deux épaules en même temps comme si elle était un volcan sur le point d'exploser.

— Je suis ton appât, c'est ça ? Je devrais te botter le cul sur-le-champ, dit-elle d'une voix sourde et flippante, et je suis sûr qu'elle le ferait si seulement elle pouvait.

Elle est incroyablement sexy quand elle est en colère.

— Tu es ma sauveuse, dis-je en tendant un bras vers elle, mais elle gifle ma main et retire la sienne.

— Ne me touche pas.

— Bianca, allez… Ne sois pas comme ça.

Je fais un pas vers elle. Je voudrais tellement calmer le jeu.

Elle cesse de reculer.

— Tu aurais dû me prévenir, Vinnie.

— Tu serais venue quand même ?

— Je ne sais pas, mais au moins, j'aurais eu le choix.

— Elle est partie, maintenant.

Je lui promets qu'elle ne causera plus de problème, même si je n'en suis pas si sûr.

— Ne la laisse pas gâcher la soirée. Je passais un bon moment, jusqu'à ce qu'elle débarque.

— Moi aussi.

Cette fois, je bouge plus rapidement qu'elle : je l'entoure de mes bras et crochète mes doigts dans son dos. Nos corps se touchent. Je me délecte de la sentir contre moi. Je lui demande, de but en blanc :

— Est-ce que tu m'aimes bien ?

— Quoi ? répond-elle sans me repousser.

— Est-ce. Que. Tu. M'aimes. Bien ? dis-je à nouveau.

— Je… Heu…

Je pose les mains à plat dans son dos.

— C'est une question simple, Bianca. Est-ce que je te plais ?

Elle rougit.

— Toi, tu me plais, dis-je avec une parfaite honnêteté.

Ça a beau avoir commencé comme une faveur, il n'y a personne d'autre avec qui je voudrais être, ici et maintenant.

Elle lève les yeux vers moi et une certaine tristesse passe dans son regard avant de disparaître.

— Je ne pense pas être ton genre de fille. Tu aimes sûrement les top models hyper minces.

Je la dévisage, interloqué par ce qu'elle vient de dire.

— Une grande bringue squelettique, ça ne me fait pas rêver. Et puis je suis costaud et un peu brusque…

Elle avale sa salive et je remarque qu'une veine gonfle dans son cou.

— Tu es tout à fait mon genre, et tu me plais. Sacré tempérament, et tout…

— Je te plais ?

Elle a l'air surprise. Je ne vois pas comment elle pourrait croire le contraire. C'était plutôt évident, à chaque court instant qu'on a passé ensemble. Comment une femme aussi belle que Bianca pourrait penser qu'un homme ne veuille pas d'elle ? Ça n'a pas de sens.

J'acquiesce.

— Beaucoup.

— Mon garçon, dit un homme derrière moi en me touchant l'épaule.

Je tourne la tête pour tomber sur le président du club qui nous regarde.

— Monsieur Turner… Monsieur.

— Et vous devez être la belle Bianca, dit-il avec un sourire authentique, en posant les yeux sur la femme en robe rouge.

— À combien de gens as-tu parlé de moi ? me chuchote-t-elle à l'oreille, et la caresse de son souffle chaud contre ma peau déclenche des frissons dans tout mon corps.

— En effet, Monsieur, voici ma petite amie, Bianca, dis-je à nouveau et cette fois, elle ne se raidit pas dans mes bras.

— Eh bien, vous êtes un délice pour les yeux. Une beauté naturelle, lui dit-il en inclinant la tête. J'espère que vous êtes une fan de Chicago.

— Je le suis, répond Bianca, illuminant toute la salle de son sourire.

— Alors j'espère vous voir aux matchs, cette année. Je suis sûre que toutes ces dames seront ravies d'avoir une nouvelle personne avec qui bavarder, dit-il avant d'empoigner mon épaule. Et ce garçon les a déjà mises en effervescence. Il va nous amener en championnat. Je peux le sentir dans mes tripes.

— Monsieur, dis-je en inclinant la tête, reconnaissant, mais ayant désespérément besoin de son aide. Il faut que je vous parle, au sujet de Tracie.

Il secoue la tête.

— On s'en charge. Toi, tu t'occupes du terrain, de la balle et de ta petite amie. Laisse-moi gérer le reste.

— Merci, Monsieur.

— Tu as inventé toute une histoire sur moi ? demande Bianca dès que monsieur Turner est suffisamment loin pour ne pas nous entendre.

— Je n'avais pas le choix, dis-je en haussant les épaules.

— Pourquoi moi ? Pourquoi mon nom ? demande-t-elle en croisant les bras sur sa poitrine.

J'enfonce une main dans ma poche, essayant d'avoir l'air cool et posé. J'espère ne pas passer pour le plus grand couillon de la planète avec ce que je m'apprête à dire.

— Après notre rencontre dans l'ascenseur, je n'ai pas

arrêté de penser à toi. Quand ils m'ont demandé qui était ma petite amie, ton nom est sorti naturellement de ma bouche parce que, encore une fois, je pensais à toi tout le temps.

— À moi ? demande-t-elle en touchant sa poitrine, comme choquée d'apprendre ça.

— Oui, et mes pensées n'étaient pas toujours pures mais, waouh, elles étaient chaudes.

Les commissures de ses lèvres se soulèvent.

— Comment tu aurais fait, si j'avais refusé de venir avec toi ?

— J'aurais été fichu. J'aurais dû inventer un bobard, dire que tu étais couchée avec la grippe ou que je t'avais surprise au lit avec un autre homme.

Elle rit en secouant la tête.

— Ça aurait mis un coup à ton ego, non ? Aucun homme ne veut admettre qu'il a trouvé sa femme au lit avec un autre.

— C'est surtout de trouver sa femme au lit avec un autre, qui met un coup à l'ego, ma belle.

Elle éclate de rire en renversant la tête en arrière, ce qui expose son joli cou. J'ai envie de me pencher pour caresser de mes lèvres sa peau délicate comme la soie, mais je suis certain que Bianca n'hésiterait pas à me gifler devant tout le monde.

— Ce doit être atroce, pas vrai ? demande-t-elle. Ça t'est déjà arrivé ?

— Non, dis-je en secouant la tête. Je n'ai jamais vraiment été avec quelqu'un, ou pas assez longtemps pour que ça puisse arriver.

Son sourire s'évanouit.

— Quoi ? Tu n'as jamais été en couple ?

— Je sors avec des filles, mais je ne m'engage pas. Je n'aime pas les émotions que les ruptures provoquent chez moi. Je me suis concentré sur mon travail et j'ai remis l'amour à plus tard.

— On croirait m'entendre, dit-elle en s'avançant, réduisant l'espace entre nous. Moi, j'ai carrément renoncé aux hommes.

— Pour toujours ? dis-je en priant de toutes mes forces qu'elle n'ait pas viré de bord.

— Pour un temps. Ça affectait mon travail.

— Et maintenant ?

J'ai de l'espoir… Je me dis qu'un peu de temps avec moi pourrait la remettre en selle.

— Maintenant…

Elle marque une pause et fait remonter ses mains le long de mes bras avant d'ajouter :

— Je pense qu'il est peut-être temps de m'y remettre.

CHAPITRE 7
BIANCA

QU'EST-CE QUE JE RACONTE ? Je flirte avec ce type, ce coureur de jupons que je connais à peine. Me voilà prête à renoncer à mon célibat, alors que je voulais rester sans homme et sans histoire aussi longtemps qu'il serait humainement possible de le faire. Jusqu'ici, j'ai tenu six mois. J'ai fini cloîtrée dans mon appartement, car le temps passant, la tentation devenait de plus en plus forte.

— Je pourrais t'aider, me propose-t-il, plein d'espoir, les yeux baissés vers moi et les mains sur mes hanches. Ou peut-être qu'on pourrait s'aider mutuellement.

— S'aider mutuellement ?

Je resserre mes doigts sur ses biceps. Je suis carrément en train de le peloter devant tous ces gens. Je n'ai même pas honte, quant à lui, il a l'air d'apprécier. Je n'ai jamais touché des bras si gros. J'imagine qu'il pourrait me soulever du sol comme une plume.

Il hoche la tête.

— Je t'aiderai à t'y remettre, je pourrai t'apprendre quels

connards éviter et toi, tu pourrais m'apprendre comment m'investir dans une relation sans être un crétin égocentrique.

Je ris, mais l'idée me plaît.

— Je ne suis pas sûre qu'il y ait des enseignements valables pour s'investir dans une relation. Qui plus est, je n'ai jamais eu beaucoup de chance, alors je crains de ne pas être la mieux placée pour t'aider.

Pendant cinq ans, j'ai enchaîné les petits amis foireux. L'un après l'autre, ils ont défilé dans ma vie comme dans une saison sans fin de mauvaises rediffusions où seul change l'acteur principal. Un peu comme dans les feuilletons bas de gamme où ils engagent des acteurs différents pour jouer le même rôle. Ça résume bien ma vie amoureuse.

— Eh bien, en tous cas, moi, je peux t'aider. Je connais bien les connards, dit-il en souriant. Je peux les repérer en quelques secondes dans une foule entière.

— Faut-il en être un pour en reconnaître un autre ? dis-je, provocatrice.

Quand j'ai rencontré Vinnie, j'aurais juré qu'il était complètement naze. Mais après le peu de temps que j'ai passé en sa compagnie, je pense que j'étais vraiment à côté de la plaque. Il se peut aussi que ma première impression ait été la bonne. Comme je l'ai dit… mon détecteur de connard est complètement H.S. Mais jusqu'ici, il s'est conduit en parfait gentleman et s'est montré très gentil.

— Je n'ai jamais été un connard, mais ça ne veut pas dire que j'ai toujours traité les femmes comme elles s'y attendaient ou le désiraient.

Je hausse un sourcil.

— Et ça ne fait pas de toi un connard pour autant ?

— Je ne leur mens jamais. Je suis toujours honnête à

propos de ce que je veux. Si elles choisissent d'être avec moi, elles le font en connaissance de cause.

— Quel romantisme… dis-je en secouant la tête et en riant.

Il m'agrippe plus fort avec ses doigts.

— Peut-être que tu pourrais me changer. Me montrer à côté de quoi je suis passé.

— Gallo ! crie son ami Clarence à quelques mètres de là, gâchant notre moment d'intimité. Ramène ton cul par-là !

Vinnie tourne la tête vers lui en acquiesçant brièvement et repose les yeux sur moi.

— On en parlera plus tard.

Je ne sais pas si les papillons dans mon ventre viennent de l'excitation que je ressens ou si c'est un message de mon cerveau disant *fais marche arrière et ne te retrouve pas nue avec ce mec*. Mais mon corps vote pour de l'action peau-à-peau, après avoir été refoulé pendant plus de temps qu'il est à mon avis humainement envisageable de l'être. Je sens que ma résistance commence à fondre.

La promesse que je m'étais faite à moi-même perd progressivement de l'importance.

Je m'apprête à m'éloigner de lui, mais il m'attire contre sa taille, un bras passé dans mon dos et une main sur ma hanche.

— Souviens-toi que tout le monde dans cette salle pense qu'on est en couple.

— Pigé.

On se met en marche et mon corps frissonne, se délectant de la chaleur de Vinnie et du contact de ses mains sur moi.

Faire semblant d'être avec lui n'est pas difficile.

Trois couples sont assis à la table et tous les yeux sont braqués sur nous quand on approche. Je peux sentir le poids de leurs regards tandis qu'ils m'évaluent. Je me fais peut-être des idées, mais j'ai toujours supposé que les gens ayant acquis une certaine forme de célébrité étaient un peu snobs.

— Bianca, je te présente Marquita, la femme de Clarence, dit Vinnie en me désignant une belle femme qui respire l'élégance.

Marquita incline la tête.

— Donc, vous êtes celle qui essaie de dompter notre jeune Vinnie ?

Elle se met à rire en couvrant sa bouche d'une main, exhibant par la même occasion l'énorme diamant à son doigt.

— Il est coriace, mais il est à moi.

Je pose une main sur sa poitrine tout en rêvant de m'éclipser loin d'ici. Mon sourire est franc, mais curieusement, le garder sur mon visage me fait mal aux joues.

— Ne l'écoute pas, intervient une femme blonde en agitant sa main devant Marquita. On est tous très impatients de te connaître enfin. Moi, c'est Celia, la femme de Tre.

Tre est le meilleur joueur de l'équipe. Mes frères ont son maillot et le portent religieusement tous les dimanches de la saison de foot, croyant que ça portera chance à l'équipe – ce qui est faux, mais ça ne les empêche pas de le faire.

— Je suis ravie de vous rencontrer, dis-je à Celia.

Celia est très belle, et sans avoir eu recours à toutes les interventions chirurgicales qu'on devine chez Marquita. Son sourire est chaleureux et semble authentique, ce qui m'aide à me sentir plus à l'aise.

— Assieds-toi, dit une autre femme en tirant la chaise à côté d'elle. On se connaît tous depuis des années, alors on est tout excités d'avoir quelqu'un de nouveau à notre table, pour une fois.

— Merci.

Je me glisse sur la chaise avec autant de grâce que ma robe serrée le permet. Ma façon de m'asseoir habituelle qui consiste à me laisser tomber comme une masse n'aurait probablement pas beaucoup de succès auprès de cette assistance.

— Je m'appelle Marilou, et ce gros idiot, c'est mon mari, dit-elle en bousculant l'homme assis à ses côtés et je sais immédiatement de qui il s'agit, pour avoir passé des années assise devant la télévision avec mon père et mes frères les dimanches après-midis.

— Maurice, me dit-il avec un sourire de tueur.

Je suis toute retournée, parce que j'ai regardé ces hommes jouer pendant des années et qu'ils sont de vraies célébrités dans ma famille.

— Je suis ravie de faire votre connaissance à tous, dis-je.

Et c'est la vérité, excepté pour Marquita. Son visage est tellement pincé qu'on pourrait croire qu'elle vient d'avaler quelque chose d'acide. Je ne sais pas ce qui lui déplaît ; peut-être que c'est moi, tout simplement, ou bien le fait qu'avec Vinnie, on lui vole la vedette.

Vinnie s'assied à côté de moi, rapprochant sa chaise de façon à ce que nos hanches se touchent. Je reste un moment en apnée quand sa main glisse le long de ma cuisse pour s'y déposer.

— Champagne ? demande Marquita sans que son visage remue, à cause de toute la chirurgie esthétique qui le fige.

Je parierais qu'il ne *peut pas* bouger, quels que soient les efforts qu'elle ferait pour essayer.

— S'il vous plaît, dis-je en acquiesçant.

— Alors, que fais-tu dans la vie, Bianca ? demande Celia en posant son menton dans la paume de sa main. Es-tu une femme entretenue, maintenant que Vinnie a signé son premier contrat ?

Clarence se met à rire.

— Celia, je t'ai déjà dit que le gamin ne jouait pas pour l'argent. Il roulait déjà sur l'or avant.

Je jette un coup d'œil à Vinnie en essayant vainement de cacher ma surprise. Je m'étais bien dit qu'il avait de l'argent. Personne ne peut acheter un appartement au-dessus du huitième étage de notre immeuble sans avoir un compte en banque important.

— Il est déplacé de parler d'argent, et en particulier de l'argent des autres, dit Marquita à Celia en poussant la bouteille de champagne au milieu de la table.

Celia lève les yeux au ciel. Il est clair que ces deux-là ne sont pas les meilleures amies du monde. Je mettrais d'ailleurs ma main à couper que Marquita n'est la meilleure amie de personne à cette table.

Vinnie est particulièrement calme et je me tourne vers lui en me demandant ce qui peut bien lui traverser l'esprit. Il hausse les épaules en m'adressant un sourire peu enthousiaste.

— Dis-leur ce que tu fais, chérie.

Il ne sait même pas ce que je fais. On a si peu parlé de nos vies que le sujet ne s'est pas présenté. Je n'ai appris son métier qu'en arrivant à cette soirée, bon sang.

J'attrape la bouteille et remplis mon verre en restant concentrée sur les bulles de champagne pour éviter de voir leurs têtes quand je réponds :

— Je suis écrivaine.

— Dans le journalisme ? demande Clarence.

Journaliste est la première idée qui vient aux gens quand je leur dis être écrivaine. Je ne comprendrai jamais pourquoi.

J'imagine que personne ne croit qu'on puisse gagner sa vie en écrivant des livres, et encore moins des romans, mais c'est pourtant mon cas.

Je suis l'une des rares chanceuses.

Mes livres ont du succès.

Je secoue la tête en prenant le verre de Vinnie pour le remplir à son tour.

— J'écris des romans.

Je jette un coup d'œil à Vinnie et lis la surprise sur son visage.

— J'adore lire un bon thriller. Peut-être que j'ai lu un de tes livres. Quel est ton nom de famille ? demande Marquita, mais je suis certaine qu'elle ne pose la question que dans le but de pouvoir me rabaisser une fois de plus.

— Je ne pense pas que vous ayez lu mes livres.

Il y a toujours ce moment embarrassant. Les gens se montrent intéressés et posent de nombreuses questions, mais dès que je leur dis ce que j'écris, ils n'ont plus que jugement et sarcasme.

La main de Vinnie se resserre sur ma cuisse. Elle est si proche de la terre promise que si elle remonte un tant soit peu, je vais exploser.

Maurice lève son verre et me regarde.

— Tu t'adresses à un tas de sportifs et de femmes au foyer, mon cœur. C'est tout juste si on écrit, alors pour ce qui est de lire…

Marilou entoure de ses mains le haut du bras de son mari.

— Mon chou, tu sais bien que je lis tout le temps. Il faut bien que je trouve des occupations pendant la saison de foot.

— C'est vrai, et j'adore quand tu lis, Mar. Je récolte les fruits de tous ces mots, lui répond-il avec un clin d'œil.

Je triture la tige de ma flûte de champagne, regardant en

silence Maurice et Marilou. Ils sont mignons, ensemble, et tellement amoureux.

— Je t'en supplie, ne me dis pas que tu écris des polars aux meurtres mystérieux, dit Marilou en faisant rouler ses yeux sous ses paupières. Ils sont tellement barbants et prévisibles.

Je lâche :

— J'écris des romances érotiques.

Mieux vaut retirer la bande dépilatoire d'un seul coup, histoire de briser la glace et de passer directement au moment gênant où tout le monde me regarde comme si j'étais une fille de petite vertu.

C'est ça le problème, quand on écrit des romances érotiques : tout le monde part du principe que je suis une sorte de nymphomane bizarre, alors que je suis tout l'opposé. Personne ne fait ce genre d'hypothèses à propos des écrivains d'histoires criminelles. On ne les regarde pas comme des meurtriers professionnels à cause des mots qu'ils couchent sur le papier. Concernant la romance, c'est exactement le contraire. On est toutes forcément de sales putes nous inspirant de notre vaste expérience, accumulée à force d'ouvrir nos cuisses à tous les Tom, Dick ou Harry qui passent.

Vinnie plante ses doigts dans ma peau en m'adressant un sourire plein de fierté.

— Ça, c'est ma chérie !

— Oh mon Dieu… J'adore les romans d'amour ! Je les dévore. C'est comment, ton nom ? Il faut que je lise tes livres, dit Marilou alors que les autres femmes me dévisagent comme si j'étais une sorte de prostituée, comme je m'y attendais.

— Bianca May, dis-je avec un sourire, sachant combien je peux être fière de tout ce que j'ai accompli à mon âge.

Je le suis.

Je suis plus fière que quiconque pourrait le croire, mais la façon qu'ont les gens de se faire une opinion de moi dès qu'ils entendent le mot « érotique » arrive encore parfois à me frapper en pleine poire.

— Arrête tes conneries ! s'exclame-t-elle. J'ai lu tous tes livres ! Tu es l'une de mes auteures préférées !

Je ne peux réprimer le sourire qui fend mon visage.

— Vraiment ?

Ça me frappe encore, quand quelqu'un dit qu'il aime mon travail. Je termine tous mes livres avec des doutes : est-ce que le résultat est assez bon, est-ce que mes lecteurs l'apprécieront ?

Elle hoche la tête, tout
excitée.

— *Tentée par le destin* est mon coup de cœur absolu.

— Nous avons une auteure célèbre à notre table, déclare Maurice en tendant sa coupe de champagne dans ma direction et en inclinant la tête. Est-ce que Vinnie te sert d'inspiration ?

— Tout et tout le monde me sert d'inspiration.

— Et ça rapporte bien, l'écriture ? demande Marquita parce qu'évidemment, cette salope qui se la raconte est obsédée par l'argent. J'ai entendu tellement d'histoires sur des écrivains qui arrivent à peine à payer leurs factures…

— Ça peut, lui dis-je avant de mordre ma langue pour m'empêcher de lui répondre d'aller se faire foutre.

— Quel travail alimentaire fais-tu à côté pour te permettre d'écrire ? demande-t-elle avec un léger rictus parce que, pour me répéter, c'est une salope.

D'habitude, je n'aime pas parler de mon succès et de l'argent que j'en retire, surtout devant des étrangers, mais elle est tellement garce que je n'arrive pas à envisager autre chose que de la remettre à sa place. En plus de ça, je suis assise à une table de footballeurs professionnels qui sont payés en millions de dollars. Ils ne vont pas tourner de l'œil en entendant les chiffres que je m'apprête à jeter sur le tapis.

— Mon dernier livre m'a rapporté un peu plus d'un million de dollars, dis-je en regardant Marquita bien en face.

J'espère qu'elle va s'étouffer avec le champagne qu'elle porte à ses lèvres. J'ajoute, histoire d'enfoncer le clou un peu plus profondément dans son cœur :

— Le premier mois.

Vinnie se renverse dans sa chaise comme si je venais de l'assommer et, au même instant, Marquita cale sur sa fichue boisson de luxe.

— Waouh ! dit Clarence. Qui aurait cru qu'il y avait tant d'argent à gagner dans la romance…

Je hoche la tête. Les nœuds dans mon ventre commencent à se détendre.

— C'est le genre qui se vend le mieux sur le marché, grâce à un public fidèle et toujours affamé. Et j'ai un merveilleux éditeur, ce qui aide aussi.

Marquita tamponne les commissures de ses lèvres avec une serviette en prenant soin de ne pas étaler son maquillage.

— Hum… marmonne-t-elle dans le tissu.

Clarence pose une main sur la sienne pour la prier de se taire avant qu'elle ne dise une autre saloperie.

— Tu dois être très populaire, pour faire des livres à sept chiffres, dit-il.

— Elle est la meilleure, lui dit Marilou. Elle a fait des tournées de dédicaces tout autour du monde et quand son nouveau livre sort, les gens font la queue sur les trottoirs pour l'acheter. C'est une rock star !

Mon visage s'embrase à ce compliment.

— Je m'en sors bien, mais je le fais par passion, pas pour l'argent.

J'ai toujours essayé de rester humble, préférant rester seule avec mes mots et mon ordinateur plutôt que de m'entourer de lecteurs qui me lèchent les bottes.

Marilou remue sa main vers moi.

— Elle est modeste.

Vinnie se penche et vient coller sa bouche à mon oreille.

— Il va falloir que je lise tes livres, maintenant. J'ai envie de découvrir un peu ton esprit de cochonne.

J'ai envie de le reprendre. De lui dire que mes livres sont fantaisistes, et rien d'autre. Ils ne sont que des fictions, après tout, pleines d'histoires torrides qui se finissent bien. Rien à voir avec ma vraie vie.

— Je pense que tu devrais la garder, Gallo, lui dit Clarence. Accroche-toi à celle-là aussi fort que tu peux. Tu ne trouveras pas tous les jours une femme de tête, couronnée de succès, qui a envie de s'afficher avec des idiots comme nous.

— Je l'envisage, Clarence, je l'envisage, dit Vinnie de sa voix basse et rauque qui me donne des frissons partout.

Je suis foutue, vraiment.

Comment vais-je pouvoir respecter la date butoir pour mon roman avec ce joueur de foot à côté de moi qui envisage de grimper dans mon lit ?

CHAPITRE 8
VINNIE

JE RELIS le dernier paragraphe en imaginant Bianca être le personnage de son livre.

« À genoux » dit-il en tenant fermement son menton entre ses doigts. Il la regarde avec tant de désir que son corps s'enflamme.

Elle s'agenouille avec grâce sans le quitter des yeux. Elle adore sa façon de la regarder comme si elle était ce que le monde avait fait de plus beau.

« Sois une gentille fille et ouvre mon pantalon. » Il tapote sa joue doucement.

Ses mots la submergent et l'enveloppent de chaleur, tandis que grandit son envie de sentir entre ses lèvres la dureté veloutée de son sexe. La fermeture éclair s'ouvre facilement et elle lève les yeux vers lui en attendant le prochain ordre.

« Sors ma queue, mon cœur, et montre-moi à quel point tu m'aimes. »

Enroulés autour de son sexe en érection, ses doigts

semblent minuscules. D'une main, elle tire d'un coup sec sur son jean pour l'abaisser sur ses cuisses et libérer sa gaule.

« Prends-moi profondément », lui dit-il en la regardant avec attention quand elle appose la paume de sa main sur la longueur de son sexe.

Elle acquiesce, incapable de dire quoi que ce soit, et non autorisée à le faire de toute façon. À partir du moment où elle met un pied dans la chambre, elle est à lui et doit faire ce qu'il veut sans aucune réserve.

Elle est sa soumise. Sa propriété. Son jouet sexuel. Elle aime être possédée, utilisée et impuissante.

— La vache, putain ! dis-je dans un souffle en caressant mon sexe sans même m'en rendre compte.

Le livre est bien plus chaud que ce à quoi je m'attendais et me donne autant la trique que si je regardais un porno. Et savoir que Bianca a écrit ces mots rend le tout encore plus excitant.

L'imaginer à genoux comme mon esclave sexuelle me fait un effet de malade et met mon sexe à l'agonie. Les propos de ce livre dépassent l'érotisme et je me demande s'ils sont inspirés de la vie de Bianca ou de ses fantasmes.

Je tape l'écran du doigt pour tourner la page rapidement, parce que j'ai besoin de savoir ce qu'il se passe ensuite.

« Tu aimes ça ? » demande-t-il alors qu'elle gémit, et le bout de son sexe dans sa bouche déclenche de nouvelles sensations dans son corps.

Il emmêle ses doigts dans ses cheveux et la force à le prendre plus profondément, jusque dans sa gorge. Elle a un haut-le-cœur et des larmes lui sortent des yeux, mais elle se délecte de chaque minute de leur jeu sexuel.

Elle reste immobile, les mains posées sur ses genoux,

tandis qu'il pousse ses hanches en avant, prenant entièrement le contrôle. Sa bouche n'est plus que le réceptacle de son plaisir à lui.

Il resserre son emprise et c'en est presque douloureux. Des frissons lui parcourent la colonne vertébrale quand l'orgasme dont il a envie et besoin monte en lui.

Avant même qu'il éjacule dans sa bouche, je suis dur comme un roc et me branle de plus en plus vite.

Je ferme les yeux, imaginant les lèvres de Bianca autour de ma queue, me suçant et me prenant profondément.

— Putain, dis-je dans un grognement alors que des couleurs explosent derrière mes paupières et que mon corps se raidit, l'orgasme me submergeant par vagues successives.

D'où a pu venir un orgasme pareil ?

Je ne me souviens pas de la dernière fois où j'ai éjaculé si fort et si vite. Pénétrer les profondeurs de l'esprit de Bianca et lire les mots qu'elle a écrits de sa propre plume m'a complètement fait tourner la tête et a mis mon corps dans un état de transe inédit.

Une fois nettoyé et ma respiration redevenue normale, j'attrape mon téléphone et réfléchis avec précaution à mes prochains mots. Je n'ai pas envie de passer pour un enfoiré qui n'est intéressé que par son cul mais bon sang, cette fille chauffe mes esprits de bien des façons.

Moi : Bon, j'ai lu un de tes livres. Tu es une incroyable écrivaine.

Je lève les yeux au ciel dès que le SMS est parti. Quel abruti ! Mais qu'étais-je censé dire d'autre ? J'imagine que j'aurais pu me taire et prétendre n'avoir jamais lu les mots de son dernier roman, mais une partie de moi avait envie qu'elle le sache.

Bianca : Oh... Merci. Lequel ?

Moi : Sienne. *C'est supra-chaud.*

Bianca : Les lecteurs l'ont adoré, il paraît.

Qu'est-ce qui aurait pu leur déplaire ? Le type est puissant et gentil à la fois, et la fille est comme une boîte de Pandore du plaisir. Je ne suis qu'à la moitié de leur histoire, mais je suppose que l'action n'est pas près de décliner.

Moi : Où arrives-tu à trouver toutes ces idées d'histoires ?

Bianca : Pas dans ma vie, en tous cas.

Moi : Arrête... Une belle fille comme toi doit voir les hommes faire la queue devant sa porte pour sortir avec elle.

Bianca : Regarde dans le couloir. Il est vide.

En lisant ça, je saute sur mes pieds et me dirige vers le couloir, parce que si personne d'autre n'attend devant sa porte, je vais assurément le faire moi-même.

Moi : Je vois une file d'attente.

Bianca : Ha ha.

Moi : Je t'assure, regarde !

Bianca : Pas question. Je ne suis pas habillée et je travaille.

Moi : Encore mieux ;-)

Bianca : Je ne suis pas chez moi.

Je plaque mon oreille contre la porte et entends le bruit de ses pas sur le parquet. Je toque doucement et ris en l'entendant se mettre à courir Dieu sait où.

— Bianca...

Je me penche vers le chambranle de porte, parlant au bois qui nous sépare.

— Je t'entends.

Tout est maintenant silencieux. Je l'imagine complètement nue au milieu de son salon, fixant la porte.

— Je ne mords pas, je te promets.

Je dis ça en souriant, mais putain, ce que j'aimerais enfoncer mes dents dans la douceur de sa chair et l'entendre gémir mon nom…

— Je me fiche de ta tenue.

Même si je préférerais une tenue sexy en dentelle. Elle doit sûrement se mettre dans l'ambiance, pour être capable d'écrire des scènes de sexe aussi spectaculaires. Elle s'assied probablement à son bureau en portant toutes sortes de lingeries, avec les lèvres peintes en rouge, pour picorer son clavier des doigts.

Le verrou de la porte cliquette et je fourre mon téléphone dans ma poche, prêt à découvrir la romancière sexy en pleine action.

Elle entrouvre la porte suffisamment peu pour que je n'aie pas grand-chose à voir.

— Hey, dis-je avec un sourire, en la regardant dans les yeux.

— Qu'est-ce qu'il y a ? demande-t-elle en laissant vagabonder son regard sur ma poitrine nue avant de revenir à mon visage. J'étais en plein chapitre.

Je la supplie :

— Laisse-moi le lire.

— Aucune chance.

— Allez… dis-je en poussant doucement contre la porte qui ne bouge pas d'un pouce.

Je n'abandonne pas. Depuis la soirée de l'autre jour, je n'ai pas cessé de penser à Bianca. J'essaie de la croiser dans le hall, j'épie tout mouvement dans le couloir, mais elle reste hors de portée.

— Non.

— Je ne bougerai pas d'ici, dis-je en croisant les bras sur ma poitrine.

C'est la première fois que je dois me battre pour qu'une fille me laisse entrer chez elle. D'habitude, elles me tirent par le tee-shirt et me baissent le pantalon avant même que la porte soit refermée. Mais pas Bianca. Elle fait tout le contraire et ça attise ma curiosité jusqu'à me rendre fou.

Elle lève les yeux au ciel.

— Tu es insupportable.

— Mais adorable, aussi.

Elle ronchonne en ouvrant la porte et me fait signe d'entrer. Je mets deux pieds dans son appartement sans la regarder avant qu'elle referme derrière moi. Je me prépare à la voir en tenue sexy et maquillée comme une star de porno, mais ce que je découvre en la voyant est très loin de ce que j'avais imaginé.

Elle me regarde les bras croisés, les cheveux relevés en une sorte de chignon catastrophique. Elle porte un pantalon de survêt et un tee-shirt taché de café où il est écrit *Tourne au café et au shampoing sec*.

À voir sa tête, l'inscription vise en plein dans le mille. Ça ne fait rien. Elle est toujours aussi belle. Elle est toujours Bianca, cette Latine épicée qui mijote un tas de pensées cochonnes dans sa jolie petite tête.

— Content ? demande-t-elle avec un visage contrarié.

— Totalement.

— Tu ne t'attendais pas à ça, dit-elle en montrant d'un geste tout son corps de haut en bas, n'est-ce pas ?

Je repousse une mèche de cheveux qui barre son visage.

— Je me fiche de ce que tu portes, je voulais juste te voir.

— Tu m'as vue, dit-elle avant de me montrer la porte. Tu peux partir, maintenant.

— Mama… ! Pourquoi tant de froideur ?

Je caresse sa joue du bout des doigts. Ses pupilles se dilatent et sa respiration ralentit. J'ajoute :

— Je pensais que tu serais contente de me voir. Je voudrais te parler de tes livres.

Elle recule et se détourne de ma main comme si je l'avais brûlée.

— Je suis en retard par rapport à ma date butoir, Vinnie, et je bloque sur cette fichue scène. Je dois vraiment rester concentrée pour réussir à en venir à bout.

Elle écrivait peut-être un chapitre croustillant au moment où j'ai frappé à sa porte. À cette idée, mon sexe se tend. Est-ce qu'écrire ces choses-là l'excite autant que les gens qui les lisent ? Je ne peux pas imaginer passer mon temps à élaborer des scènes de sexe dans ma tête sans avoir à me toucher jusqu'à l'orgasme.

— Eh bien, je m'y connais en sexe et en foot… Je peux peut-être t'aider à venir à bout de ta scène ?

Quand son regard dérive sur ma poitrine, sa langue passe rapidement sur ses lèvres.

— Comment pourrais-tu m'aider ?

Au lieu de m'embarquer dans des explications et lui décrire toutes les façons dont je pourrais l'aider en matière de sexe, ne serait-ce que dans ses livres, je lui laisse la parole. Il vaut mieux, parce que je suis à deux doigts de la faire décoller du sol et de planter mes lèvres sur les siennes. Je lui demande, tout en priant que sa panne d'inspiration concerne quelque chose de chaud :

— Quel est le problème ?

Elle se met à faire les cent pas.

— J'essaie de réfléchir à une question logistique concernant une position. Placer toutes les mains et les parties du corps au bon endroit est parfois un réel défi.

— Je peux te servir de cobaye. Je peux t'aider à visualiser ce qu'il se passe, et où devraient être toutes les parties du corps. Utilise-moi.

Elle me regarde en plissant les yeux sans cesser d'arpenter la pièce.

— Je ne sais pas. Je n'ai jamais eu besoin d'aide jusqu'à présent, et ça pourrait être gênant.

— Aucune chance de me gêner. Souviens-toi : je suis un professionnel ! Allez, ça ne devrait pas être si dur…

Depuis que j'ai passé la porte, on a balancé ici et là des expressions comme *venir à bout, être dur*, et d'autres termes à connotation sexuelle qui ont mis mon corps en ébullition.

— Tu en es sûr ? Tu as déjà l'air un peu… dit-elle en montrant mon pantalon du doigt et mes yeux suivent son geste.

— Merde. Je suis désolé, dis-je en repoussant mon sexe vers le bas.

C'est vrai que j'ai une sacrée gaule. Pourquoi ? Je ne sais pas.

Il y a un quart d'heure, l'orgasme qui a secoué mon corps était d'une telle ampleur que je n'aurais pas cru pouvoir bander de sitôt, quelles que soient les circonstances.

Clairement, j'avais tort.

C'est Bianca, qui me fait cet effet. Et ça veut dire que je suis dans le pétrin. Je devrais rebrousser chemin, la laisser tranquille et retourner à mon appartement pour me reposer avant l'entraînement de demain. Mais je ne peux pas. Je ne veux pas.

— On ne couche pas ensemble, me prévient-elle comme si elle lisait dans mes pensées.

— Je ne prévoyais pas de le faire, dis-je en mentant éhontément. Où veux-tu que je me mette ? Dans le lit ? Sur le canapé ?

Elle s'immobilise et me regarde en tapotant son menton, sans parler. Elle mord le côté de sa lèvre et je ne peux m'empêcher de regarder la torsion de sa chair entre ses dents.

— D'accord. Viens par-là, me dit-elle en m'invitant à la suivre et je sautille presque d'excitation en traversant la pièce.

Elle s'allonge sur le canapé, les jambes écartées, et remue les doigts vers moi qui surplombe son corps.

— Viens sur moi, mais ne va pas te faire d'idées…

Elle est bonne, celle-là ! Demandez à n'importe quel gars de s'allonger sur une fille et sa tête va automatiquement se remplir d'idées.

— Je croyais que tu ne me le demanderais jamais, dis-je, joueur, mais putain de moi, j'ai vraiment envie de cette fille.

Je m'allonge sur elle en prenant garde à ne pas appuyer mon sexe dur sur le sien. Je suis presque sûr que ça me vaudrait une gifle ou bien d'être raccompagné à la porte.

— Comme ça ?

Je mets mon poids sur un bras en maintenant mon corps au-dessus d'elle.

Elle lève vers moi ses yeux miel sombre.

— Glisse ton bras dans mon dos et attrape mes fesses pour incliner mes hanches.

Putain, je suis carrément au Paradis…

— Comme ça ?

Ma paume trouve la douce rondeur de ses fesses qui s'y imbrique tellement parfaitement que j'en grogne presque de plaisir.

— Oui, exactement comme ça, dit-elle. OK, maintenant,

est-ce que tu peux me tenir la nuque avec ton autre main tout en maintenant ton corps en suspension au-dessus du mien ?

— Tu parles, que je peux !

Je pourrais probablement léviter au-dessus d'elle, vu la dose d'adrénaline qu'il y a dans mon corps en ce moment.

— Fais voir, dit-elle.

En cet instant précis, avec cette fille sous moi, je me dis que je n'ai jamais passé une aussi bonne soirée de toute ma vie.

CHAPITRE 9
BIANCA

— COMME ÇA ? me demande-t-il en agrippant ma nuque avec juste assez de poigne pour déclencher dans mon dos une vague de frissons.

Debout à côté de Vinnie, je me trouvais déjà minuscule, mais alors là, sous lui et dans ses bras, je me sens encore plus petite, et très excitée.

— Oui, comme ça.

Ma voix se casse un peu en répondant et Vinnie, à qui ça n'échappe pas, a un sourire en coin.

— Maintenant, est-ce que tu peux bouger ?

— Bouger ? répète-t-il en haussant un sourcil, le sourire toujours aux lèvres.

Il fait l'idiot, mais il sait très bien où je veux en venir. Il a juste envie de m'entendre dire les mots.

— Oui, genre : est-ce que tu peux me baiser dans cette position ?

— Ma belle, dit-il, son petit sourire s'élargissant sur son visage. Je pourrais te baiser dans n'importe quelle position.

Ma bouche devient toute sèche, inutile d'essayer d'avaler

ma salive. Je dois faire un effort pour me rappeler qu'on est en train de travailler, qu'il m'aide à résoudre un problème et qu'on ne va pas baiser réellement.

— Est-ce que tu pourrais être sérieux, deux secondes ? C'est important.

— Est-ce que tu pourrais te laisser aller deux torrides secondes et être spontanée ?

J'étais plus spontanée, par le passé. Mais le temps passant, et avec la pression que mon travail met sur mes épaules, j'ai de plus en plus de mal à être frivole. Et c'est encore pire à l'approche d'une date butoir : ma vie entière tourne alors autour du boulot et du décompte des mots. C'est quelque chose qui dépasse la plupart des hommes. Personne n'aime passer après mon ordinateur.

— Tu veux m'aider avec mon livre, oui ou non ?

— Je suis là, n'est-ce pas ?

Je glisse un bras derrière son épaule et empoigne ses cheveux bruns.

— Essaie de bouger.

Il me regarde sous lui tout en maintenant encore une distance entre nos corps.

— Je vais être très franc, Bianca. Je suis super excité et je ne voudrais pas que tu me gifles si mon sexe te touche.

— Je promets de ne pas te gifler. C'est juste une queue.

— Ce n'est pas juste une queue. C'est ma queue, qui est actuellement très dure, et je crains que si je te touche avec, tu ne finisses pas ton travail ce soir.

— Ça ira, lui dis-je sans en être totalement convaincue.

Après six mois d'abstinence, mon corps est au supplice, et avec la façon qu'a Vinnie de me regarder, je sens ma volonté fondre.

— On est adultes et professionnels, pas vrai ? Et ce n'est pas comme si ta queue était magique.

— Je suis toujours professionnel, dit-il en planant au-dessus de mon corps et en posant sur moi un regard terriblement sensuel. Et c'est ce moment qui est carrément magique.

J'ai peut-être eu la pire des idées, mais j'avais besoin d'aide pour clarifier ça : cette position fonctionnait dans ma tête, mais mon éditrice n'était pas convaincue.

Il abaisse son corps jusqu'à toucher le mien et s'installe entre mes jambes.

— Ça va, comme ça ? demande-t-il.

Je peux enfin sentir ce que renferme son pantalon et mon sexe se contracte. J'adore la sensation de sa fermeté contre moi.

— C'est parfait.

— Inconfortable ? demande-t-il.

Je dis *non*, mais ma voix change alors qu'un désir si long-temps refoulé me submerge.

— Fais quelques mouvements de va-et-vient.

Il resserre son emprise sur ma nuque et mes fesses en ajustant la position de son corps et fait glisser son sexe sur le tissu de mon pantalon.

Je mords ma lèvre inférieure pour m'empêcher de crier de plaisir. J'ai l'impression d'être revenue à l'époque du lycée, quand le moindre contact mettait mon corps en surrégime. Je dois me ressaisir, et vite !

J'entoure son corps avec mes jambes et dépose légère-ment mes pieds au-dessus de ses fesses comme l'héroïne de mon livre. Il recule ses hanches, se détachant de moi un instant avant de pousser son bassin en avant et de percuter mon clitoris exactement au bon endroit. Cette fois, je ne peux pas m'empêcher de laisser échapper un petit bruit. Un sourire sexy fend son visage et tout espoir qu'il ne m'ait pas entendu part directement à la poubelle. Je suis momentanément mortifiée et totalement excitée.

— Ça ne marche pas, de mon côté, dit-il. Je suis maladroit, dans cette position, et je ne peux pas bouger comme j'aimerais le faire si on faisait l'amour.

J'ai envie de défendre mon idée en lui disant que cette position fonctionne très bien pour moi, mais je n'en fais rien. Je lui demande :

— Pourquoi ?

— Je ne peux pas bien doser la poussée avec mes jambes seules et mes bras ne me sont d'aucun secours dans cette position.

Bien doser la poussée ? Ça m'avait semblé plutôt bien dosé ! Peut-être que je me suis privée de sexe trop longtemps, au point d'oublier ce qu'implique une bonne baise.

Il se redresse, m'emmenant en me tenant toujours par la nuque et les fesses. On se retrouve à la verticale, face à face, et je m'assieds sur ses genoux, nos sexes l'un contre l'autre.

— Comme ça, ce serait mieux.

J'acquiesce, incapable de parler. Sa bouche est si proche de la mienne que je sens son souffle chaud passer sur mon visage comme une caresse.

— Oui, c'est beaucoup mieux, murmure-t-il.

Il enfonce ses doigts dans les muscles de mes fesses et m'attire contre lui, ne laissant plus aucun espace entre nous.

Mon cœur s'emballe de façon incontrôlée et je frissonne tout entière. Tout en mémorisant là sensation de son corps contre moi, je demande à mi-voix :

— Pourquoi est-ce que c'est mieux ?

La fermeté de son sexe.

L'odeur de sa peau.

Ses mains sur moi.

Plus tard, quand il partira enfin, j'utiliserai tous ces souvenirs pour m'occuper de mon « cas ».

— Dans cette position, je peux t'embrasser, me dit-il, ses yeux rivés sur les miens. Tu peux me chevaucher, mais je garde le contrôle du rythme avec ma main, et je peux pousser mes hanches pour un impact plus important, dit-il en serrant mes fesses pour appuyer son sexe un peu plus fort contre moi.

Je prends une rapide inspiration tout en essayant de ne pas être influencée par le désir dans son regard et sa façon de me toucher, mais bon Dieu… j'ai vraiment envie de lui.

Il fait glisser ses doigts le long de ma nuque et vient les emmêler à mes cheveux en tirant juste ce qu'il faut.

— C'est la position que j'utiliserais. Je pourrais regarder ton beau visage, t'embrasser et te pénétrer profondément tout en contrôlant chaque mouvement pour mon plus grand plaisir.

— Tu me contrôlerais ? dis-je d'une voix qui déraille parce que son sexe m'empêche de réfléchir et encore plus de parler comme un être humain normal.

Il approche ses lèvres des miennes et tout l'air que j'avais dans les poumons disparaît.

— Tu veux que je te montre ? En restant habillé, bien sûr.

Je hoche la tête, mais je sais que c'est un terrain glissant. Tout ce qui vient de se passer dans les dernières minutes m'a poussée à la frontière de mon abstinence autoproclamée.

— Je vais t'embrasser. Il faut que ça paraisse authentique.

Je ne dis pas non. Qui refuserait ? Sûrement pas une fille qui n'a pas été touchée depuis des mois. Ni une fille qui vient de passer des jours et des jours à écrire des scènes de sexe épicées, et les dernières heures à rêver éveillée de son voisin sexy. Ce même voisin qui est maintenant sous moi, à me tenir dans ses bras.

L'air s'amenuise dans la pièce alors qu'il se rapproche et que je me perds dans ses yeux de rêve. Mon cœur tambourine dans ma poitrine et mon corps est en feu, désirant ses lèvres plus que tout au monde.

Il incline ma tête et attire mon visage à lui.

Mon regard plonge sur ses lèvres généreuses dont je crève d'envie, quand je demande dans un murmure :

— Est-ce que c'est une bonne idée ?

— T'embrasser est ce que je désire plus que tout, Bianca. Je n'ai pas été capable de penser à grand-chose d'autre.

Il presse ses lèvres contre les miennes et mes cheveux se hérissent. Je ne peux réprimer le gémissement que j'avais au bout de la langue depuis que son corps a touché le mien.

Ses lèvres ont la douceur de velours que j'imaginais – exactement à l'opposé du reste de son corps dur comme la pierre. Folle de désir, j'enfonce mes ongles dans son cuir chevelu en passant ma langue sur sa bouche pour la goûter.

— Ma belle… murmure-t-il. J'ai tellement envie de toi.

— J'ai envie de toi aussi, dis-je dans un souffle, tout contre sa bouche, avant qu'il m'embrasse plus profondément en m'empêchant d'en dire plus.

Je le sens partout : dans mon cou, sur mes fesses et mon sexe… Nos langues s'emmêlent tandis qu'il me fait remuer sur sa queue, simulant la pénétration.

Mon esprit est partout et nulle part à la fois. Je ne peux penser à rien d'autre qu'à ses mains sur moi et à sa façon de me baiser par-dessus mes vêtements.

Je bascule mon bassin vers lui. J'ai envie de sentir encore sa délicieuse fermeté contre mon clitoris et, plus que tout au monde, j'ai besoin de jouir.

Je remue sur lui et la lenteur de nos mouvements est une réelle torture. Sa main glisse depuis mes fesses jusqu'à ma taille pour contrôler le rythme de mes élans. Il m'embrasse plus violemment et son sexe se presse à la perfection contre mon clitoris, si bien que je suis au bord de l'orgasme.

Quand sa queue gonflée passe une fois encore sur mon sexe, je suis si près de jouir que je pousse un cri. Le plaisir parfait son ascension en moi, menaçant de me faire exploser.

Vinnie gémit en balançant ses hanches contre moi, épousant mes mouvements. J'aimerais le regarder dans les yeux et voir son visage, mais je n'ose pas. Je me perds dans le plaisir que me procurent le frottement de son sexe contre mon pantalon de survêt et l'imminence de l'orgasme.

— Je vais jouir, dis-je à voix basse, la bouche contre ses lèvres et complètement à bout de souffle, sachant que c'est là ma seule chance d'arrêter ce qui se prépare.

— Laisse-toi aller, ma belle, me dit-il. Jouis contre ma queue.

En l'entendant me parler comme ça, mes organes se convulsent et un orgasme démentiel me submerge jusqu'à ce que je ne puisse plus respirer. Il resserre sa main sur ma nuque, m'abaisse fortement contre son corps et me baise à travers mon pantalon.

Mon corps se met à trembler, hors de contrôle, ruant presque tandis que l'orgasme se propage à une vitesse vertigineuse dans tout mon système nerveux. Vinnie pousse un grognement, à bout de souffle, me rejoignant dans le nirvana.

Je ne comprends pas ce qu'il s'est passé. Comment ai-je pu jouir en baisant à travers nos vêtements ? Mes quelques derniers petits copains ne me permettaient jamais d'aller au bout, même en ayant mis tout en œuvre dans ce sens. Il fallait toujours que j'ouvre le tiroir de ma table de nuit et en sorte mon vibromasseur pour finir le boulot.

Nos baisers s'apaisent peu à peu. Les seuls bruits dans la

pièce sont ceux de nos souffles irréguliers et de nos battements cardiaques.

— Putain, marmonne-t-il en posant son front contre le mien. C'était...

Tellement de mots me viennent à l'esprit...

Chaud.

Bizarre.

Embarrassant.

Inoubliable.

Toujours incapable d'ouvrir les yeux pour regarder l'homme que je viens de baiser tout habillée jusqu'à l'orgasme, je réponds seulement :

— Oui...

Je ne sais pas combien de temps on reste comme ça, mon pantalon tout trempé et mon corps encore tremblant, avant qu'il se remette enfin à parler. Il laisse tomber sa main depuis ma nuque jusqu'au milieu de mon dos.

— Je suis désolé.

— De quoi ? dis-je dans un murmure, tout en prenant de profondes inspirations pour tenter de calmer la course post-orgasmique de mon cœur.

— J'étais censé t'aider et j'imagine que j'ai seulement compliqué les choses.

Compliqué ne décrit pas le dixième des émotions que je ressens en ce moment. Dire que mes petits amis ne m'ont jamais fait jouir malgré tous leurs vaillants efforts, que ce soit avec leurs queues, leurs mains ou leurs langues... Et voilà que débarque Vinnie Gallo, une superstar de foot, et qu'il me donne un orgasme sans même me déshabiller.

— Ça ne m'était jamais arrivé, admet-il.

J'ouvre enfin les yeux et le regarde.

— Quoi ?

— Je n'ai jamais joui comme ça. D'habitude, j'ai plus d'endurance, mais là, je n'ai pas pu m'arrêter. Les petits bruits que tu as émis m'ont fait disjoncter. C'était tellement chaud !

— C'est sûr.

— Et quand tu as joui, ta façon de gémir en remuant sur ma queue… Ma belle, c'était l'expérience la plus sexy de tous les temps.

Mon visage monte en température.

— Tais-toi, lui dis-je en plaquant une main sur sa bouche, toujours incapable de le regarder dans les yeux.

Parler du fait d'avoir joui dans mon pantalon de survêt devant un homme que je connais à peine est un peu trop en dehors de ma zone de confort.

Il recule un peu la tête et mon embarras grandit.

— N'aie pas honte. Ce n'est pas comme si tu avais joui toute seule.

— On n'était pas supposés…

Ma phrase reste en suspens. Je ne sais pas vraiment comment appeler ce qui vient de se passer.

— Ta position ne fonctionnait pas. On devait explorer d'autres possibilités et, honnêtement, dit-il en passant le dos de ses doigts sur ma joue, je n'aimerais voir personne d'autre à ma place. Je veux être ton cobaye attitré.

Je repousse son geste et me mets lentement debout en priant pour que mes jambes ne cèdent pas.

— Je ne pense pas que ce soit une bonne idée.

Il fronce les sourcils.

— Pourquoi ?

Mon regard plonge vers la tache humide sur le devant de son pantalon, laissée par le mélange de nos orgasmes.

— C'est dangereux.

Il sourit en secouant doucement la tête.

— Ce n'est pas dangereux, Bianca.

Il se lève et réduit l'espace entre nous puis, il tend un bras et fait glisser un doigt sur le côté de ma gorge.

— C'est sexy. Tu as un livre à finir, pas vrai ?

Je hoche la tête et avale ma salive. Je sais qu'il va essayer de me convaincre de l'utiliser comme poupée gonflable. Je sais aussi que je n'arriverai pas à le repousser. Pas après qu'il m'ait embrassée comme il l'a fait et encore moins après l'orgasme faramineux qu'il m'a donné sans même essayer.

— Est-ce que ça t'aide à finir la scène ?

J'acquiesce à nouveau.

— Alors on a accompli quelque chose de formidable. J'ai vraiment hâte de lire ce que tu vas écrire.

Je le regarde avec des yeux ronds, l'imaginant tout seul, assis dans son appartement pour lire les mots impudiques. Se caresserait-il en pensant à moi ?

Je secoue la tête pour me débarrasser de l'image mentale de Vinnie, son sexe dur dans sa main de géant, qui lit en se branlant.

— Je ferais mieux de retourner travailler, dis-je, ayant besoin de mettre de la distance entre nous parce que tout ça ne me dit rien qui vaille.

— Je te laisse t'y remettre. Envoie-moi le chapitre quand tu l'as terminé.

Il se lève et son sexe est encore parfaitement visible derrière la tache humide.

— C'est impossible. Je ne fais lire mon travail à personne jusqu'à ce que le livre entier soit terminé.

— Juste ce chapitre. S'il te plaît, supplie-t-il.

Ma résistance faiblit, parce qu'il me regarde avec ces

yeux gourmands et que ses lèvres sont si proches des miennes que je pourrais presque l'embrasser à nouveau.

— OK, dis-je comme une idiote.

Il dépose un baiser sur ma bouche, doucement et gentiment ; ça ne dure qu'un instant, ensuite, il disparaît.

Je reste plantée dans mon salon, à fixer la porte en me demandant, hébétée, ce qui vient de se passer.

CHAPITRE 10
VINNIE

— COMMENT VA TA POUPÉE SEXY ? me demande Clarence tandis que je ramasse quelques affaires dans mon casier avant de rentrer chez moi.

Aujourd'hui, c'est le jour où je vais rencontrer toute la famille de Bianca et je suis on ne peut plus nerveux.

— Elle va très bien, mec. Je ne l'ai pas beaucoup vue, parce qu'elle est très occupée à écrire.

— Est-ce qu'au pieu, c'est aussi chaud que je l'imagine ? Je veux dire, si ma femme écrivait ces livres, précise-t-il en saisissant sa queue sous sa serviette, je suis sûr qu'elle serait accrochée à ma queue comme Jane à une liane.

— Elle est tout le temps après moi, dis-je en mentant sans rougir.

Elle n'a plus donné signe de vie depuis l'autre soir, quand elle a craqué dans mes bras et que j'ai joui dans mon pantalon. Je ne comprends toujours pas ce qui m'est arrivé, ni comment la seule friction entre nos pantalons associée aux petits sons qu'elle faisait sous l'effet du plaisir a pu suffire à me faire éjaculer comme un adolescent vierge.

— Tu as de la chance, enfoiré ! me dit Clarence en me donnant un coup dans l'épaule.

— Je rencontre sa famille ce soir.

Rien qu'à ces mots, mon estomac se retourne.

Je n'ai rencontré les parents d'aucune fille depuis le lycée. À l'université, je ne suis jamais resté suffisamment longtemps avec quelqu'un pour envisager une chose pareille. Et même si Bianca et moi nous retrouvons dans cette situation par tricherie, ça semble plus réel que feint.

— Ce sont des fans de Chicago ?

— D'énormes fans, dis-je en acquiesçant.

— Alors tu n'as rien à craindre. Il n'y a rien que tu pourras mal faire.

Il y a plein de choses, au contraire, que je pourrais mal faire.

— C'était le cas, quand tu as rencontré les parents de Marquita ?

Il secoue la tête.

— Oh non, putain. Ils m'ont détesté. J'étais un joueur amateur, un minable, un moins que rien qui ne représentait aucun avenir pour leur princesse.

— Et maintenant ?

— Maintenant, ils me lèchent le cul ! répond-il en riant. Ils se vantent auprès de tous leurs amis snobinards d'avoir un beau-fils riche et célèbre. Ça représente un sacré changement par rapport à leur ancienne façon de me décrire. Mais même après toutes ces années, je n'ai jamais oublié comment ils m'ont traité.

Marquita n'est pas très différente de ses parents. Même si Clarence ne s'en rend pas compte, c'est une snob totale. Elle prend tout le monde de haut. Mais je ne suis pas celui qui couche avec, alors...

— C'est plutôt dégueulasse. Désolé que tu aies dû endurer ça.

— Tu es un type bien. La famille de Bianca va t'adorer. Que pourraient-ils te reprocher ? Tu as une belle gueule, tu es un héros du football américain et tu es riche comme Crésus.

— Ce n'est pas vraiment comme ça que tout le monde me voit.

Clarence me regarde bizarrement.

— Personne ne te voit différemment, abruti. Tu as gagné le jackpot le jour de ta naissance ; tu es né le cul bordé de nouilles.

— Oui, dis-je dans ma barbe.

Si le jackpot consistait à avoir pour père un chef mafieux qui passait plus de temps derrière les barreaux qu'à mes côtés à m'élever, alors oui, j'ai touché le gros lot. Je sais qu'à côté de ça, j'ai eu de la chance. De tous les gamins qui rêvent de devenir footballeurs professionnels, combien y parviennent ? Vraiment très peu, putain…

— Je devrais y aller pour ne pas être en retard. Bianca me dévisserait la tête.

— Bonne chance, mec. Épate-les, ce soir. Tu peux le faire.

J'ai parcouru la moitié du couloir quand Tracie déboule à l'angle d'un mur, comme si elle m'avait attendu.

— Te voilà, dit-elle en glissant une main sur mon haut de survêt, en me regardant comme si j'étais un morceau de viande et qu'elle était affamée. Tu m'as manquée.

Je retire sa main de ma poitrine en tenant son poignet plus fort que je l'avais fait auparavant.

— Ne me touche pas.

Elle fait une moue boudeuse, comme si ça pouvait me faire le moindre effet.

— Ne sois pas comme ça, idiot.

— Gallo, dit Malik, le coach, dans mon dos. Rentre chez toi. Je dois parler à Tracie.

Je lâche sa main et lui lance un regard noir.

— Laisse-moi tranquille, Tracie. C'est le dernier avertissement que je te donne.

— C'est cette salope, c'est ça ?

Mon corps se raidit et une colère telle que je n'en avais pas ressenti depuis des années se met à couler dans mes veines. Je plante mes poings dans ma taille et m'apprête à ouvrir la bouche quand le coach pose une main sur mon épaule, me coupant dans mon élan.

— Vas-y, Vinnie. Ne fais pas de connerie. Laisse-moi lui parler.

Je ne me retourne pas.

Je ne réponds pas.

Je m'en vais, le laissant se dépatouiller avec elle à propos de la pression qu'elle continue à exercer sur moi, même après que son grand-père l'a mise en garde.

— Waouh.

C'est le seul mot qui me vient à la bouche quand Bianca ouvre sa porte.

Elle porte une robe couleur crème recouverte de dentelle et de tant de froufrous qu'elle ressemble plus à une princesse qu'à une écrivaine. Elle attrape le bas de sa robe et le remue pour me montrer tous les volants.

— Ce n'est pas un peu trop ?

— On dirait…

Je me tais en la regardant, avance d'un pas et passe ma main le long de son bras.

— … la plus belle femme du monde.

Elle ne repousse pas ma caresse.

— Tu es très beau toi aussi, mais il faut reconnaître que tu es bien habillé.

— Dit la fille qui en jette même en survêt et coiffée n'importe comment.

Elle lève les yeux au ciel.

— Là, il est clair que tu mens. Il n'y a aucune chance que j'en jette dans ma tenue de travail.

— Ma belle… dis-je en passant mes doigts sur son épaule et le long de sa clavicule. Il n'y a jamais rien eu de plus sexy au monde que toi, dans cette tenue, me chevauchant en gémissant mon nom.

— Vinnie, dit-elle en me regardant de ses grands yeux bruns. Arrête. On ne peut pas rater cette soirée.

— Arrête quoi ?

Je fais l'innocent, mais tout ce dont j'ai envie c'est de la faire reculer, de lui retirer sa robe et d'enfouir mon visage entre ses jambes. Je crève d'envie de savoir le goût qu'elle a et de quelle façon elle jouirait avec ma langue plutôt qu'à travers son pantalon.

— Tu essaies de me séduire.

— Et ça marche ?

Je hausse un sourcil en rêvant qu'elle dise oui.

— Pas du tout, dit-elle avec un air faussement pudique qui la trahit. On ne peut pas arriver en retard, sinon mes parents vont me tuer.

— Eh bien, mon carrosse vous attend, très chère.

Elle fait non de la tête.

— Je conduis. C'est ma soirée et je ne vais pas entasser tous ces volants dans ta minuscule voiture de sport.

J'aime quand elle est autoritaire.

— Comme tu voudras.

Elle commence à marcher devant moi pour se diriger vers l'ascenseur, mais je la tire en arrière pour qu'elle avance à mes côtés.

— Tu n'as pas déjà besoin de faire semblant. On est seuls, dit-elle en appuyant sur le bouton au mur, mais sans me regarder en parlant.

— Qui fait semblant ? dis-je en la dévisageant, espérant qu'elle me lève les yeux vers moi. Moi pas.

Je ne sais pas ce qu'elle va s'imaginer. Peut-être que je n'ai pas été assez clair. Je sais bien que toute cette histoire est partie d'un arrangement qu'on a fait pour s'aider mutuellement et se tirer d'affaire, mais les choses ont évolué cette semaine.

— Tu n'as pas besoin de faire ça, dit-elle en fixant le carrelage à ses pieds. Après cette soirée, tu n'auras plus à me revoir.

Je la tourne vers moi pour qu'on soit face à face et pose deux doigts sous son menton, l'obligeant à me regarder.

— Ma belle, ne dis pas ça. Tout ça a peut-être commencé comme un service, mais ce soir, il n'y a pas un seul endroit au monde où j'aimerais être plutôt qu'à tes côtés. Tu ne le sais pas ?

Jamais une fille ne m'avait repoussé autant que Bianca. D'habitude, c'est moi qui fais marche arrière et dois faire ce qu'il faut pour que les filles comprennent qu'il n'y a pas d'avenir possible avec moi et passent à autre chose. J'ignore ce qui nous attend, Bianca et moi, mais je veux surfer sur la vague aussi longtemps que possible pour le découvrir.

Elle entrouvre les lèvres, et me retenir de l'embrasser me demande tous les efforts du monde.

— Tu veux qu'on sorte ensemble ? demande-t-elle en clignant des yeux plusieurs fois, probablement tout aussi choquée par l'aveu que je viens de faire que je le suis moi-même.

— Quoi qu'il se passe entre nous, je veux voir où ça nous mène.

— Voyons déjà si on survit à cette soirée. Ensuite, on verra bien.

Elle n'a pas dit non, mais sa réponse me rend encore plus nerveux à propos de ce soir que je ne l'étais déjà.

Je demande, en essayant de déglutir malgré le nœud qui s'est formé dans ma gorge :

— Est-ce qu'ils vont me détester ?

— Mes frères vont t'aimer et te détester en même temps. Je suis leur petite sœur et ils sont protecteurs. Et il se peut que le reste de ma famille ne soit pas tellement enchanté que je n'ai pas choisi un latino.

— Je ne peux pas changer ce que je suis. Mais je suis sûr qu'ils m'aimeront quand même. Je veux dire… Regarde-moi, que peut-on me reprocher ?

Elle se met à rire et me donne une claque amicale sur la poitrine.

— Tu n'es pas mal pour un blanc. Au moins, ma mère arrêtera d'essayer de me caser avec tous les hommes célibataires qu'elle connaît.

Ça me rappelle quelqu'un ! Ma mère aussi fourre toujours son nez dans mes affaires. J'ai une seule mission ce soir : gagner l'aval de la famille de Bianca. C'est la seule façon d'avoir une chance d'aller plus loin que notre expérience de baise habillée sur son canapé.

— Je ferai en sorte qu'ils se réjouissent de nous savoir ensemble, dis-je en l'invitant à entrer à l'intérieur de l'ascenseur dès que les portes s'ouvrent.

Elle inspire lentement tout en appuyant son dos contre le mur.

— Ma famille ne va pas être aussi facile à convaincre que ton équipe, Vinnie, dit-elle avant de fermer les yeux en posant sa tête contre la paroi en bois. Je n'ai pas eu de vrai petit ami depuis un bon bout de temps et si on ne fait pas très attention, ils auront vite fait de démasquer notre supercherie.

— C'est une supercherie ?

— C'en est une, répond-elle en acquiesçant.

Je demande, touchant ses hanches et lui faisant face :

— Est-ce que je t'attire ?

— Oui.

— Tu m'attires tellement, Bianca. Je dois faire preuve d'une volonté de fer pour ne pas t'embrasser tout de suite et te baiser ici même.

Elle aspire rapidement une bouffée d'air. Je poursuis :

— Je sais à quoi tu ressembles quand tu jouis. Je connais les tout petits bruits que tu fais en te frottant contre ma queue. Je suis sûr d'en savoir assez pour que ce soit crédible.

— Je ne pense pas qu'il faille s'en vanter auprès de ma famille.

— Je ne suis pas idiot. Mais tout ce que je ferai ce soir sera réel et authentique. J'arrête de jouer, ma belle.

— Vinnie, je ne peux pas m'engager. Pas maintenant.

— Ça viendra, lui dis-je. Après ce soir, tu me supplieras d'être avec moi.

C'est la seule chose dont je suis sûr : je ferai tout ce qui sera en mon pouvoir pour gagner son cœur et la faire mienne.

Réaliser ça me frappe de plein fouet et me coupe le souffle comme si je venais de recevoir un uppercut.

Je n'ai jamais ressenti une chose pareille et ça me file une de ces trouilles…

CHAPITRE 11
BIANCA

— TU AVAIS PARLÉ d'une petite fête d'anniversaire…

Vinnie me guide à travers le hall vers la salle de réception, une main posée au creux de mes reins.

La musique est si forte que les vases alignés le long du passage vibrent contre les tables en créant leur propre musique.

— Je n'ai jamais dit petite.

Je me retiens de rire. La famille Hernandez ne sait même pas ce que *petit* veut dire. Depuis le moindre repas jusqu'aux fêtes, tout est démesuré.

— C'est un mariage, ma belle !

Je fais non de la tête.

— C'est l'anniversaire des trente ans de mariage de mes parents, idiot. Les tiens ne font pas ça ?

Il secoue la tête alors qu'on continue à marcher vers la salle pleine à craquer.

— Mes parents se sont mariés il y a seulement quelques mois.

Je bats des paupières, confuse.

— Quoi ?

— C'est une longue histoire.

— Bianca ! dit mon frère Luis dès qu'il nous voit entrer dans la salle.

À croire qu'il attendait en embuscade près de l'entrée pour être le premier à voir le nouvel homme à mon bras. Je parie qu'il compte foutre les jetons à celui qui ose sortir avec sa petite sœur, mais j'ai plus d'un tour dans mon sac en débarquant avec ce beau gosse footballeur que mon frère ne pourra qu'aimer.

En ce qui concerne mes anciens petits amis, et ce terme est très approximatif, il était très facile pour mes frères de les impressionner. Ils étaient maigrichons et ringards, le genre de mecs incapable de mettre une droite à quiconque pour sauver leur vie – ou la mienne. Mais Vinnie… il a tout ce qu'il faut là où il faut pour se comparer à la taille de mes frères et à leurs manières.

— Luis, dis-je en souriant, enfin fière de celui qui se trouve derrière moi.

Mes frères pratiquent ce jeu vicieux avec tous les hommes dans ma vie : ils les intimident pour qu'ils aient la trouille de leur vie à l'idée de me faire du mal, en jouant au chat et à la souris. Ils sont chiants. Ils l'ont toujours été. Dès le jour où mes seins ont commencé à pousser, ils se sont fait un devoir personnel de veiller à ma sécurité et à ma vertu.

Luis ne me regarde pas. Il dévisage Vinnie comme si je n'existais même plus. En les observant se faire face tous les deux, j'ai l'impression de regarder un épisode de National Geographic sur le comportement des animaux exotiques.

Je pose une main sur la poitrine de Vinnie et me love contre lui, rien que pour voir mon frère rougir de colère.

— Je te présente Vinnie, mon petit ami.

J'enfonce le clou en me hissant sur mes doigts de pied pour planter un baiser franc et humide sur les lèvres de Vinnie.

Vinnie pose une main sur ma taille et y plante ses doigts à travers toutes les couches de dentelle.

— Qu'est-ce que tu fais, ma belle… ? Tu veux ma mort ? murmure-t-il avec un petit rictus.

— Que se passe-t-il, par ici ? demande Javier en faisant son entrée pile au bon moment.

Je me détache de Vinnie en lui souriant.

— Javi, je te présente Vinnie.

— Son petit ami, ajoute Luis en agitant son bras dans notre direction tandis que je me tourne pour leur faire face. Si tu ne l'avais pas déjà compris en voyant comment il mange la bouche de notre sœur.

Je lève les yeux au ciel. Ces deux-là feraient passer la plus petite marque d'affection pour un outrage public à la décence.

— Je vois ça, dit Javi en passant ses mains dans ses cheveux comme s'il se demandait si, oui ou non, il devait faire une scène.

Il l'a déjà fait. Tous les deux l'ont déjà fait.

Vinnie tend la main. Il pense peut-être que s'il se présente lui-même, mes frères seront plus cools.

— Vinnie, déclare-t-il à Javi comme si mon frère allait instantanément se transformer en autre chose qu'un salaud juste parce qu'il lui tend la main.

Ils le fixent tous les deux, les épaules carrées, et la petite veine qu'ils ont sur le front commence à ressortir, comme prête à exploser. J'ajoute avec un sourire en coin :

— Vinnie Gallo. Peut-être avez-vous entendu parler de lui ? Il vient d'être recruté par votre équipe de foot favorite.

Ils ont un mouvement de recul simultané qui les fait ressembler plus à des clones qu'à deux personnes distinctes, alors que l'identité de Vinnie les percute en pleine poire.

— Le nouveau quarterback de Chicago ? demande Luis comme s'il ne me croyait pas sur parole.

Vinnie hoche la tête brièvement et sourit.

— Le seul et unique.

— Sans déconner…

Le visage de Javi s'adoucit et, l'espace d'un instant, je nourris l'espoir que mes frères se montrent enfin sympas avec l'un de mes compagnons.

— Le célèbre coureur de jupons, ajoute Luis, comme s'il savait tout ce qu'il y avait à savoir sur Vinnie.

Javi croise les bras sur sa poitrine et le regard sévère qu'il avait plus tôt est de retour sur son visage.

— Tu as vraiment une sale réputation.

— Basée sur des mensonges. Je suis dévoué et fidèle envers votre sœur. C'est normal, regardez-la… ajoute Vinnie en inclinant la tête vers moi. C'est une bombe – et intelligente, avec ça.

— Ça ne me plaît pas, dit Luis qui n'est pas du genre à tenir sa langue.

— Un joueur de foot professionnel ne peut pas te convenir, dit Javi en prenant le relais pour me dire avec qui je devrais sortir ou non, comme si leur avis m'importait.

J'ai envie de leur mettre à chacun mon genou dans les couilles. Mais au lieu de ça, je glisse une main sous la veste de costard de Vinnie et caresse les merveilleux muscles de son dos.

— Tu me laisserais une minute avec mes frères ?

— Bien sûr, ma belle. Tu veux un verre ?

— J'adorerais. Quelque chose de fort, mon cœur.

Je souris en entendant mes deux frères grogner de désapprobation en entendant le mot doux que j'ai utilisé tout à fait intentionnellement.

— Comme tu voudras. Je serai de retour dans une minute.

Je fixe mes deux frères. Aucun d'entre eux ne pipe mot jusqu'à ce que Vinnie se soit éloigné de quelques mètres. Je plante alors mes poings sur mes hanches et les fusille du regard. Ils se sont vraiment comportés comme deux beaux salauds.

— Je veux que vous arrêtiez ça tout de suite. Cet homme me plaît. Il s'est toujours comporté en parfait gentleman avec moi.

Si on ne tient pas compte de la baise habillée sur le canapé, l'autre soir, mais je fais abstraction de ce détail.

— Les joueurs de foot sont des chiens, Bianca, dit Luis.

— Tous les hommes le sont, Luis. Toi-même tu es un coureur de jupons forcené, et pourtant, tu ne me vois pas tenter de faire fuir chaque femme que tu nous ramènes.

Luis croise les bras sans se démonter et il faut croire que ça ne va pas être aussi simple que je le croyais.

— Tu es ma sœur. C'est mon devoir de te protéger.

— C'était ton devoir de me protéger quand j'étais petite. J'ai vingt-cinq ans, maintenant. Je sais me défendre. Quant à toi, dis-je en remuant mon doigt sous le nez de Javi, je m'attendais à mieux de ta part.

Javi lève les bras.

— Je n'ai rien fait !

— Tu suis Luis comme un toutou. Alors que Dieu me vienne en aide... Si vous essayez de chasser Vinnie, je partirai avec lui.

Luis ouvre des yeux ronds comme des soucoupes.

— Tu ne ferais pas ça.

— Essaie, pour voir, dis-je avec un sourire de défi.

Luis passe une main dans ses cheveux sombres en regardant par terre.

— On ne veut pas te voir souffrir, Bianca, c'est tout.

— Je suis heureuse pour la première fois depuis bien longtemps. Je vous demande seulement de me soutenir au lieu d'essayer de le faire fuir. Et puis je vous préviens, il n'est pas impressionnable comme les types que j'ai connus avant.

— Oui, c'est sûr. C'est un homme, dit Luis en riant tout en balançant un coup de coude dans les côtes de mon autre frère. Pas une femmelette comme les anciens.

— Alors soyez heureux pour moi, ou je vous le ferai regretter.

Quand Vinnie revient, deux verres à la main, mes frères gardent le silence. Je saisis un verre et, quoi qu'il contienne, je le vide à moitié avant que Vinnie ait pu dire un mot.

— Ça me ferait plaisir que vous veniez voir un match de la saison, les gars. Ou bien vous pourriez venir assister à un entraînement pour voir l'équipe travailler.

Il ne pouvait rien proposer de mieux à deux fans absolus de foot. Entre mon intervention et l'offre alléchante de Vinnie, ils se détendent enfin.

— Ça serait super, mec, dit Javi en lâchant presque un sourire.

— On ne voudrait pas abuser, ajoute Luis, totalement hypocrite.

— J'insiste pour que vous soyez mes invités personnels, répond Vinnie en inclinant la tête.

Ses réactions m'impressionnent ; l'attitude de mes frères ne l'a pas du tout décontenancé.

Je passe un bras dans son dos et me colle littéralement à lui pour faire enrager Luis et Javier.

— Maintenant, si vous voulez bien nous excuser, on va voir papa et maman.

Ils ne pipent mot et se contentent de grogner, ce qui est la seule chose qu'ils puissent s'autoriser à faire sans que je leur tombe dessus.

— Désolée, ce sont des salauds, dis-je à Vinnie alors qu'on passe près des marches qui mènent à la piste de danse.

Il a un bras passé autour de ma taille et sa main massive posée sur ma hanche.

— Ce sont tes frères. C'est leur rôle d'être salauds, Bianca. Le contraire m'aurait inquiété.

— Avec mes parents, ce sera plus simple. Ma mère va être contente de ne pas me voir seule.

On continue à marcher dans leur direction. Vinnie baisse les yeux vers moi.

— Et ton père ?

— Il approuve tout ce qui me rend heureuse, et il est ton plus grand fan.

Dès qu'il me voit, mon père s'illumine. C'est toujours comme ça, avec lui. Il dit que je suis sa plus grande joie. Je ne peux rien faire de mal à ses yeux. Ma mère est un peu plus coriace, parce qu'elle s'inquiète de me voir finir vieille fille.

— *Mija*, dit mon père en m'ouvrant ses bras.

Je lâche Vinnie et vais me lover contre mon père en l'entourant de mes bras.

— Salut, papa.

— Tu me manques, chuchote-t-il à mon oreille. Tu es toujours enfermée dans ton appartement à taper sur ton clavier.

— J'approche d'une date butoir. Je suis désolée.

Il se détache de moi pour prendre mon visage dans ses mains.

— Ne sois jamais désolée de réaliser tes rêves. Je suis tellement fier de toi…

Ses mots me réchauffent le cœur.

— Merci, papa.

Il finit par détacher ses yeux de mon visage et aperçoit le bel homme qui se tient derrière moi.

— Et qui avons-nous là ?

J'accroche mon bras à celui de Vinnie.

— C'est mon petit ami, Vinnie.

Vinnie tend la main.

— C'est un honneur de vous rencontrer, monsieur.

— Tu m'es familier, mon garçon. D'où est-ce que je te connais ?

— Papa, c'est Vinnie Gallo. Il joue pour Chicago.

Mon père glisse sa main dans la paume de Vinnie.

— La superstar ?

Vinnie affiche un large sourire et se redresse légèrement.

— C'est ce qu'on dit.

Mon père me regarde tout en continuant à serrer la main de Vinnie.

— Tu sors avec un footballeur professionnel ?

J'acquiesce, incapable d'effacer le sourire fier que j'ai sur les lèvres.

— Oui, papa. C'est aussi mon voisin.

— Ma parole… dit ma mère quand une tante et quelqu'un que je n'ai vu qu'une seule fois dans ma vie lui lâchent enfin la grappe. Ce que cette femme est bavarde !

Elle détaille Vinnie du regard, s'imprégnant de son beau visage, ses larges épaules et son corps entièrement musclé.

— Mama, je te présente Vinnie.

— Le petit ami ? demande ma mère sans cesser de regarder Vinnie comme un bifteck.

— Oui, m'dame, répond Vinnie avec ce sourire qui pourrait amener n'importe quelle fille à mouiller sa culotte et le supplier de la baiser.

Ma mère remue ses doigts vers lui, l'invitant à se rapprocher.

— Viens-là, que je te vois de plus près.

Vinnie me regarde comme si j'allais venir à son secours ou lui donner ma permission, mais je me contente de le pousser doucement vers elle. C'est pour elle seule que j'ai voulu venir accompagnée à cette fête. Peut-être que maintenant, elle va arrêter de vouloir me caser avec tous les célibataires qu'elle connaît.

Elle commence par toucher le visage de Vinnie.

— Eh bien, quel bel homme… !

Vinnie sourit nerveusement, ce qui le rend totalement adorable.

— Vous être très belle aussi, madame Hernandez.

Elle passe ses mains sur son cou et vient les poser sur ses épaules.

— Bien charpenté. Gènes solides. Tu feras de merveilleux petits-enfants.

Vinnie se raidit.

— Je pense qu'on n'est pas encore prêts à avoir des enfants, répond-il en la laissant le palper comme si elle achetait du bétail.

— Je n'avais moi-même pas prévu d'en avoir quand je suis tombée enceinte de Luis. Des accidents, ça arrive, beau gosse.

Je me mords la lèvre pour ne pas rire. Je suis sûre que Vinnie va prendre les jambes à son cou dès que cette soirée touchera à sa fin. Je n'ai pas encore rencontré sa famille, mais elle ne peut pas être aussi dingue que la mienne.

— Ma fille n'aura pas d'enfants nés hors mariage, ajoute mon père, me voyant toujours comme une vierge alors même que mes livres sont lubriques au possible.

Ma mère lance un regard à mon père.

— Je me souviens de mon père te disant les mêmes mots, dit-elle avec un sourire narquois avant d'enfin relâcher Vinnie.

— J'ai fait de toi une honnête femme, Luciana, lui répond mon père en l'attirant dans ses bras pour l'embrasser.

Jusqu'ici, tout se déroule exactement comme je l'avais prévu. Mes parents aiment Vinnie et mes frères ne l'aiment pas. Mais une chose est sûre : je ne suis plus à leurs yeux une fille esseulée destinée à un célibat éternel.

— Ta grand-mère t'attend, Bianca, dit Mama en jetant un coup d'œil vers une table près de la piste de danse. Elle a hâte de rencontrer Vinnie.

— OK, dis-je avec appréhension, parce que ma grand-mère est un vrai détecteur de mensonges et que si elle ne nous donne pas sa bénédiction, on est cuits. On revient…

— Est-ce qu'il y a de quoi s'inquiéter ? me demande Vinnie alors qu'on se dirige vers les escaliers.

— Sors le grand jeu, Gallo. Ma grand-mère est une dure à cuire et elle démasquera n'importe quel mensonge.

— Et quel mensonge y a-t-il à démasquer, ma belle ?

Il n'arrête pas de m'appeler comme ça et je ne le reprends pas. Toutes les romances que je lis où l'homme appelle inlassablement la femme *ma belle* me font lever les yeux au ciel au point d'en avoir la nausée. Mais pour une raison inconnue, quand Vinnie m'appelle comme ça, j'ai des papillons dans le ventre.

Je m'arrête sur la première marche et me retourne pour lui faire face.

— Si elle ne nous croit pas amoureux, elle ne donnera jamais sa bénédiction. Elle a un étrange sixième sens, pour ce genre de choses.

— Pigé, répond-il sans l'ombre d'une hésitation.

Il me fait craquer, ça ne fait aucun doute, même si ce n'est pas une chose facile à admettre.

CHAPITRE 12
VINNIE

— APPROCHEZ, dit sa grand-mère en tendant les bras vers nous parce qu'on reste plantés à quelques pas d'elle. Je ne vois plus si bien.

Je ne sais pas quel âge elle a, mais son visage est tanné comme si elle avait passé le plus clair de son temps au soleil. On peut remarquer sur elle certains traits de Bianca, comme ses grands yeux sombres, ses pommettes hautes et son petit nez délicat.

Quand j'avance d'un pas, Bianca me serre la main un peu plus fort. Je la lui presse doucement pour lui signifier que tout va bien. J'ai affronté des adversaires bien plus impressionnants que cette minuscule femme frêle devant moi.

— Baisse-toi un peu, dit-elle en remuant les doigts pour me faire signe d'approcher au plus près.

— Oh non… murmure Bianca dans mon dos.

Je la regarde par-dessus mon épaule et lui adresse un clin d'œil, après quoi je lâche sa main et pose un genou à terre devant sa grand-mère.

La femme pose ses mains sur mes épaules et presse mes muscles entre ses doigts.

— Épaules musclées.

Ses mains glissent sur mes biceps et un sourire effleure son visage.

— Gros bras.

— Oui, m'dame.

Je souris ; la grand-mère de Bianca a beau me peloter, ça ne me dérange pas.

— Qu'est-ce que tu fais dans la vie, mon garçon ?

Bianca se rapproche, projetant une ombre sur moi.

— Il s'appelle Vinnie, *Abuela*.

Ses mains sont à présent sur mes avant-bras, évaluant mes muscles à travers ma veste.

— Tu fais un travail manuel ? demande-t-elle en avançant son visage vers moi pour essayer de mieux me voir.

— En quelque sorte.

— Tu es fermier ? demande-t-elle, cette fois plus directe.

— Non, m'dame. Je suis footballeur.

Elle retourne mes mains et passe deux doigts sur mes paumes.

— Des mains fortes, dit-elle en souriant. Approche. Je veux voir ton visage et mes vieux yeux peinent avec cette lumière.

Je me rapproche jusqu'à ce que ma poitrine touche ses genoux et je lève mon visage vers elle. Elle pose ses mains sur mes joues et se penche vers moi. On se retrouve nez à nez.

— Tu es celui aux yeux verts.

Les informations doivent aller vite, dans cette famille, à moins que Bianca ait parlé de moi à sa grand-mère. Dieu sait que dans ma famille, si Betty sait quelque chose, tout le monde est vite au courant, incapable qu'elle est de garder un secret.

— C'est moi, dis-je sans pouvoir enlever de mon visage le sourire d'idiot que j'ai à l'idée que quelqu'un ait parlé de moi à sa grand-mère.

— Je savais que tu viendrais, murmure-t-elle en faisant glisser ses doigts pour souligner le bord de mes lèvres. Les ancêtres m'ont parlé de toi.

Je me fige. *Les ancêtres ?* De deux choses l'une : soit son âge a endommagé son cerveau, soit elle parle aux esprits. Dans le premier cas, quelle tristesse... dans l'autre, quelle angoisse !

Quand j'avais quatorze ans, des potes m'ont lancé le défi d'entrer dans ce minuscule magasin mystique qui se trouvait à quelques rues du bar. Pour me comporter comme un homme, bien sûr, j'y suis allé sans hésitation, la tête haute et les épaules en arrière, pensant que ça serait du gâteau et que ça finirait avec une bonne rigolade. Tout comme n'importe quel adolescent minable qui pose un pied dans un endroit comme celui-là...

Avant que la grand-mère de Bianca prononce ces mots, je n'avais jamais repensé à ce que la femme de la boutique m'avait dit, il y a de ça presque une décennie.

« *Tu tomberas éperdument amoureux de ta voisine aux yeux bruns.* »

J'étais convaincu que Margaret Aflonsi, qui était ma voisine à l'époque, ne serait jamais la future madame Vincent Gallo. Elle faisait à peine un mètre cinquante et elle était si maigre que ses rotules ressemblaient à des armes. Elle avait des dents de lapin, le genre de détail qui peut être adorable sur d'autres personnes, mais qui ne l'était pas sur elle. Toutefois, le vrai problème de Margaret n'était ni son visage ni son corps ; c'était son caractère de merde. C'était la fille la plus méchante de tout le quartier. Pas étonnant, vu à quel point les autres gamins s'en prenaient à elle. Et en retour, si vous disiez à Margaret quoi que ce soit qui puisse vaguement paraître désagréable, elle vous donnait dans les couilles un coup de ses redoutables rotules saillantes.

— Abuela, ne l'effraie pas, dit Bianca en posant une main sur mon épaule tout en venant se placer à mes côtés.

Je lève les yeux vers elle avec un vague sourire et couvre sa main de la mienne.

— Tout va bien, ma belle, laisse-la parler.

— Ma Bianca compte beaucoup pour vous ? demande la grand-mère en tirant mon visage plus près d'elle avant de laisser tomber ses mains à nouveau sur mes épaules.

— Oui.

— C'est une femme obstinée. Elle a la tête dure, tout comme sa grand-mère.

Je ris doucement. Elle dit la vérité. Bianca a ces deux qualités et je ne pourrais pas l'imaginer autrement. Les femmes chétives ne me plaisent pas. Je veux quelqu'un qui me défie et jusqu'ici, Bianca l'a fait à tout bout de champ.

— Elle aura besoin d'une main ferme et d'un cœur attentionné pour veiller sur elle.

— C'est dans mes cordes.

— *Mi amor* était mon roc. Il me maintenait à ma place tout en me protégeant envers et contre tout. C'est comme ça que tu devras faire avec Bianca.

Pour quelque raison étrange et complètement tordue, mon esprit y met une connotation sexuelle. Maintenir Bianca à sa place… pendant qu'elle remue sur ma queue. Quant à la main ferme ? Oui, je me vois parfaitement lui gifler les fesses avec.

Quand Bianca me donne une tape sur l'épaule comme si elle lisait dans mes pensées, je secoue la tête.

— Vinnie, chuchote-t-elle, reprends-toi.

Oui. Elle a parfaitement lu dans mes pensées. Évidemment qu'elle l'a fait. Elle écrit les choses très osées concernant des femmes tenues sous contrôle et sexuellement dominées. Il n'y a aucune chance que son esprit n'ait pas fait tilt à propos du commentaire sur la main ferme.

— Oui, dit sa grand-mère en touchant mon visage une fois encore, ramenant mon attention à elle, loin de mes pensées salaces. Tu feras un bon père pour mes petits-enfants.

— Est-ce qu'on en aura beaucoup ?

Je m'investis à fond dans son truc de communication avec les ancêtres. Et puis j'ai envie de lui faire plaisir…

Bianca se met à taper du pied comme si elle dansait derrière moi. Je tends le bras et attrape sa cheville pour l'arrêter. Elle grogne et son ombre se dresse encore un peu plus au-dessus de moi.

— Ridicule, murmure-t-elle, sachant que son *abuela* ne peut pas l'entendre mais que moi, oui.

— Beaucoup d'enfants. Beaucoup, beaucoup d'enfants, répond la grand-mère alors qu'un sourire satisfait se dessine sur ses lèvres. La descendance de la famille se fera grâce à toi, conclut-elle en me serrant les épaules.

— Abuela… dit Bianca en se penchant en avant pour l'embrasser sur la joue. Luis nous appelle. On reviendra tout à l'heure.

Je jette un œil dans la salle et aperçois Luis qui ne regarde même pas dans notre direction. J'imagine que la conversation au sujet des enfants et de l'avenir met Bianca sur les nerfs et qu'elle cherche une échappatoire.

Abuela regarde alors Bianca.

— Ne mens pas, ma chérie. Ce n'est pas très gentil.

Je ris en silence en me relevant et Bianca ressemble à une biche surprise par les phares d'une voiture. Sa grand-mère a beau ne plus voir grand-chose, elle sait très bien quand quelqu'un la mène en bateau, et surtout quand c'est sa petite-fille.

— Je… commence Bianca, mais je préfère la tirer de ce mauvais pas.

— Abuela, ça vous embête si j'emmène Bianca boire un verre ?

J'espère ainsi permettre à Bianca de s'échapper tout en gardant la face devant sa grand-mère.

— Ça ne m'embête pas, répond-elle en se reposant contre le dossier de son siège avant de se mettre à triturer l'alliance qu'elle porte toujours à son doigt. Rapporte une téquila à cette vieille dame quand tu reviendras.

Bianca glisse une main dans la mienne et m'attire vers le bar avant que j'aie pu dire un mot de plus à sa grand-mère.

— Elle n'est plus très à la page, dit-elle quand on s'est un peu éloignés.

— Elle est sage.

— Non, répond Bianca en secouant la tête. Elle ne l'est pas. Tu n'as pas entendu les choses qu'elle a dites ?

J'arrête de marcher et tire d'un coup sur sa main. Son corps vacille en arrière et vient se caler contre ma poitrine.

— Ma belle…

Je passe un bras autour de sa taille et contemple cette créature aussi belle qu'exaspérante.

— Parfois, ce sont nos aînés qui détiennent la vérité.

Elle me dévisage sans cesser de cligner des yeux en se stabilisant dans mes bras.

— Tu ne crois quand même pas un seul mot de ce qu'elle vient de dire, n'est-ce pas ?

Je me penche et enfouis mon visage dans son cou.

— À propos des ancêtres ou des bébés ?

Elle renverse la tête en arrière au contact de mes lèvres sur sa peau.

— Des deux, dit-elle le souffle court, et je sais que je la tiens.

Je mordille cet endroit près de son omoplate qui l'avait fait gémir si sensuellement quand je l'avais touchée la dernière fois.

— Je crois entièrement ce qu'elle a dit.

Ma main glisse sur son ventre et s'étale sur sa robe.

— Rien ne me plairait plus que de voir ton ventre s'arrondir en portant mes bébés.

Je regrette ces mots à la seconde même où ils sortent de ma bouche et je ne peux pas les reprendre. Impossible de remonter le temps. Je n'avais jamais dit ces choses-là.

Putain, je ne les avais même jamais pensés, à propos de personne.

Jamais.

Aucune chance.

Je suis un joueur.

Un footballeur.

Un homme sans attache qui appréciait beaucoup son mode de vie libertin avant de rencontrer Bianca.

Elle se raidit et ses minuscules gémissements s'évanouissent.

— J'ai besoin de boire un verre, dit-elle en se dégageant de mes bras. Peut-être même dix.

Je lui emboîte le pas sans essayer de la retenir, pris d'une légère attaque d'anxiété. Comment ai-je pu être assez stupide pour dire que je voulais des bébés à moi dans son ventre ? Je veux dire… je ne sors même pas avec elle !

Bon sang, tout ça était censé n'être qu'une mascarade pour que sa famille lui lâche la grappe et pour satisfaire mon coach. Mais ce qu'il s'est passé cette semaine a brouillé les pistes de notre plan.

Peut-être est-ce dû au fait qu'elle n'est pas si intéressée. Ou bien qu'elle prétend ne pas l'être. Ceci dit, quand elle était sur mes genoux, me chevauchant comme si on était à poil, elle paraissait très intéressée par tout ce que j'avais à lui offrir.

— Deux shots de téquila, annonce-t-elle au barman en levant deux doigts.

Je me frotte la nuque. J'espère bien qu'on va finir tellement saouls que toute cette soirée ne sera plus demain qu'un vague souvenir.

— Je ne suis pas un grand fan de téquila.

Je me tiens près d'elle et regarde le barman attraper la bouteille.

Elle regarde fixement dans ma direction sans aucune joie sur son visage. Sans colère non plus, en fait. Je ne peux pas déterminer ses émotions parce qu'elle a l'art de cacher ce qu'elle ressent.

— Ils ne sont pas pour toi.

Dès que le serveur remplit le premier verre, Bianca le prend en main et le vide d'un trait. Elle ne grimace même pas en le reposant sur le comptoir. À l'idée même de la téquila, mon estomac se retourne. Elle et moi, on n'est plus copains. Avec cette merde, quand j'en bois trop, je finis toujours par terre ou avec une fille que je n'aurais jamais ramenée dans mon lit en étant sobre.

Je repousse le verre de Bianca après qu'elle l'a pointé du doigt comme pour demander qu'on le remplisse.

— Doucement.

— Doucement ? demande-t-elle, sa poitrine se soulevant comme sous l'effet d'un haut-le-cœur. Doucement ? répète-t-elle d'une voix plus forte et les gens autour de nous commencent à nous regarder.

— Chut, ma belle.

— Ma belle ? grogne-t-elle en tendant le bras pour attraper le deuxième shot.

Je lui retire son verre des mains et le repose sur le comptoir. J'enserre le haut de son bras et l'attire vers moi pour lui demander à voix basse :

— Regarde-moi dans les yeux et dis-moi que tu ne t'es pas caressée en pensant à moi.

Elle plisse les yeux sans répondre. Sa respiration s'accélère. Elle ne me quitte pas des yeux une seconde.

Je rapproche ma bouche de son oreille.

— Dis-moi que tu n'as pas gémi mon nom en rêvant que ma queue était enfoncée si profondément dans ton sexe étroit et fou de désir que tu ne pouvais plus respirer.

Elle tourne le visage et sa bouche touche presque la mienne.

Je passe ma langue sur mes lèvres et ses yeux suivent le mouvement.

— Si je te touchais, là, maintenant, si je passais ma main sous ta jolie petite robe, est-ce que tu serais mouillée ?

À ces mots, le rouge lui monte aux joues, mais je n'arrête pas.

— Je suis tout dur pour toi. Tellement dur... Je crève d'envie d'être en toi, Bianca.

CHAPITRE 13
BIANCA

VINNIE ME TIENT par la main en traversant la salle de réception comme un possédé. Je le suis sans dire un mot. Je suis encore en train d'intégrer tout ce qu'il m'a dit. Mon corps et mon esprit sont trop rongés par le désir pour me permettre de réfléchir. Mon hiatus de six mois dans ma vie sexuelle me pète à la gueule.

— Là-dedans.

Il m'attire à l'intérieur d'un vestiaire vide avant que j'aie pu m'y opposer.

Qu'est-ce qu'il y a chez ce type qui me fait perdre tous mes moyens ? Jusqu'ici, je n'avais jamais eu de problème à résister aux hommes. Et puis Vinnie Gallo a débarqué. Plus d'un mètre quatre-vingt de muscles fermes, des yeux verts, une peau bronzée et me voilà prête à sauter dans son lit presque sans hésitation.

Il verrouille la porte et se dirige vers moi avec un regard affamé.

— Je ne peux pas attendre plus longtemps.

Je reste plantée là, comme impuissante, en triturant l'ourlet de ma robe.

— Ce n'est pas une bonne idée, dis-je d'une toute petite voix en essayant de refouler le désir qui flambe en moi. On ne devrait pas…

Il prend mon menton entre ses doigts.

— Dis-moi que tu n'en as pas envie et on arrête.

Il plonge ses yeux verts dans les miens, me mettant au défi de mentir.

Mon Dieu, ce que j'ai envie de lui ! J'ai tellement envie de lui que mon corps tout entier tremble de désir. Incapable de prononcer le moindre mot, je me contente de le fixer. Mon cœur tambourine dans ma poitrine comme si je courais un marathon. Avant que j'aie pu ouvrir la bouche, ses lèvres s'écrasent sur les miennes, anéantissant jusqu'au dernier de mes doutes.

Je passe mes doigts sur son ventre et sens les ondulations de ses muscles se contracter sous son tee-shirt. Son baiser s'approfondit et, pendant un moment, je ne peux plus respirer. Je suis littéralement à bout de souffle. Le genre de choses qu'on ne voit que dans les vieux films ou dans mes romans.

Mes genoux faiblissent, mais Vinnie passe un bras autour de ma taille pour m'attirer contre lui et me maintenir debout.

Je glisse mes mains dans son dos et, trouvant le creux le long de sa colonne, je m'arrime à lui. Il pousse un grogne-ment et sous l'effet de ce son et de sa langue qui s'emmêle à la mienne, mon sexe se contracte, comme pour me rappeler à quel point j'ai été vide et seule.

Il prend ma lèvre supérieure entre ses dents et la serre un peu en agrippant mes fesses et en se frottant contre moi. Je gémis. J'adore le sentir contre moi et cette sensation d'être infiniment petite entre ses mains.

— Mes mains ou ma bouche ? demande-t-il contre mes lèvres.

J'ouvre les yeux. Il me fixe de son regard brûlant. Comme moi, il a le souffle court. Je murmure :

— Les deux.

J'ai envie de tout ce qu'il voudra bien me donner.

Instantanément, il tombe à genoux et ses mains glissent le long de mes jambes en repoussant ma robe vers ma taille. J'abaisse le regard, incapable de le quitter des yeux. Quand les volants de ma robe sont assez hauts pour exposer mon sexe nu, un sourire satisfait fend son visage.

— Pas de culotte, ma belle ? Tu voulais ma bouche sur ton adorable sexe, pas vrai ?

Je me mords la lèvre en essayant d'adopter un air innocent mais, bon sang... je voulais ça plus que tout au monde. Il est si près de moi que je peux sentir la chaleur de son souffle sur ma peau nue.

Sa langue sort de sa bouche et passe sur ses lèvres irrésistibles et généreuses, alors qu'il soulève une de mes jambes et la pose sur son épaule. Je retiens ma respiration et m'appuie contre le mur pour me soutenir. Faites que j'arrive à rester debout ! À part quand je me suis frottée contre sa queue à travers nos pantalons, mon corps n'a pas été touché depuis si longtemps qu'il ne lui faudra pas grand-chose pour me faire jouir.

— Elle a envie de moi, dit-il en approchant son visage comme s'il parlait à mon entrejambe.

Il lève un instant son regard vers moi ; la lumière du plafonnier éclaire son visage et fait briller ses yeux.

Quand il appuie sa bouche sur moi, mon corps se rejette en arrière et j'avance mes hanches vers lui, suppliant d'en avoir plus. Mes yeux se révulsent sous mes paupières. Je ne peux pas les garder ouverts. Le plaisir est à la fois trop fort et pas assez.

— Tellement mouillée pour moi, murmure-t-il contre ma peau avant de passer sa langue sur mon clitoris.

Mon corps tressaute et chacune de ses fibres se réveille. J'oublie tout pour me perdre dans ce moment où je crève d'envie de ses lèvres, de sa langue et d'un orgasme. Mes doigts s'emmêlent à ses cheveux pour maintenir sa tête entre mes jambes et m'assurer qu'il n'arrête pas.

Je me balance contre son visage et il scelle sa bouche autour de moi. Il saisit ma cuisse. J'essaie de garder l'équilibre sur une jambe, mais ce que j'aimerais vraiment en cet instant, c'est grimper sur ses épaules et faire l'amour contre son visage jusqu'à l'extase.

Il passe ses doigts entre mes jambes, d'avant en arrière, ce qui déclenche de nouvelles sensations magiques dans mon corps.

— Tellement mouillée, répète-t-il, comme si je ne savais pas que je suis pratiquement trempée de désir.

— Chut… dis-je dans la pénombre, parce que je veux sentir sa bouche occupée sur mon corps et non pas avec des mots. Ne parle pas.

— Ma belle est autoritaire…

Inutile de baisser les yeux vers lui pour savoir qu'il sourit. Je peux sentir contre ma peau sensible ses lèvres s'incurver. Je ne le reprends pas pour lui dire que je ne suis pas *sa belle*. Je serai tout ce qu'il voudra, du moment qu'il ne s'arrête plus.

Il passe un seul doigt à l'entrée de mon sexe en décrivant un cercle si lentement sur ma peau réactive que je me mets presque à implorer la pénétration. Il enfonce le bout de son doigt millimètre par millimètre, m'infligeant une vraie torture. Quand il le retire un peu, je me mets à gémir. Il le crochète en moi et caresse mon point G. J'ai envie de plus que ça. J'ai besoin de plus que ça.

Comme s'il lisait dans mes pensées, il ajoute un deuxième doigt pour me remplir tout à fait et mon sexe se contracte sous l'effet du plaisir d'être pénétré.

Sa bouche œuvre en parfaite harmonie avec sa main et me suce, me baise et me lèche le sexe et le clitoris à la perfection. Je ne peux pas empêcher l'orgasme qui s'annonce, quand tout ce que j'aimerais c'est prolonger le plaisir et savourer l'extase que seul son corps peut me donner.

— Oui ! Oui ! dis-je en chevauchant son visage et ses doigts comme un cowboy au rodéo, avant de m'écrier : comme ça !

Mes orteils se retroussent de façon incontrôlable.

— Ça vient, oh mon Dieu, je vais jouir !

Vinnie n'arrête pas. Il ne ralentit pas, au contraire, il accélère le rythme. Il enfonce ses doigts plus fort et plus profondément dans mon sexe. Des couleurs éclatent dans la pénombre, mon corps se raidit et une vague de plaisir me submerge, retirant tout l'air de mes poumons. Heureusement que son visage est enfoui contre moi, parce que je ne dois pas être belle à voir, la mâchoire pendante, essayant en vain de prendre une bouffée d'oxygène.

Mon corps tout entier convulse, mon sexe se contracte sans relâche autour de ses doigts tandis que l'orgasme se prolonge. Quand je crois qu'il touche à sa fin, Vinnie plie ses doigts succulents toujours en moi et frotte mon point G jusqu'à ce qu'un autre tsunami de plaisir éclate en moi.

Je m'accroche à ses cheveux, dressée à la verticale, et suffoque en cherchant à remplir mes poumons. Mon corps tressaille. Il est pris de tremblements après un orgasme tel que je n'en avais pas eu depuis… toujours, en fait, parce que personne n'a su me donner du plaisir comme Vinnie.

— Putain… murmure-t-il contre ma peau, les doigts toujours enfoncés en moi.

Je reste là, un pied au sol et l'autre par-dessus son épaule, muette et incapable de respirer. Qui peut parler après un truc pareil ?

Pas moi, en tout cas.

Ouvrant un œil, je jette un regard à son beau visage. Ses lèvres brillent, couvertes de mon orgasme.

— Tu es tellement chaude, ma belle ! Tu avais bien besoin de ça.

Je ne discute pas parce que… allô quoi, cerveau post-orgasmique ! Il pourrait dire absolument n'importe quoi, je serais d'accord avec lui. Je suis trop occupée à survivre aux effets secondaires pour me soucier de quoi que ce soit d'autre ou pour former la moindre phrase.

Il pose ses deux doigts sur sa langue et les suce entre ses lèvres. Il gémit en léchant mon suc et ferme les yeux comme s'il en savourait chaque goutte.

— Si sucré, dit-il en souriant. Vraiment sucré, putain.

Je suis abasourdie et toujours muette. Il repose mon pied au sol et fait glisser ses mains sur moi pour agripper ma taille et se relever. Je reste plantée là, à regarder en clignant des yeux ce bel homme qui vient de me donner un orgasme bouleversant.

— Ça va ? demande-t-il, et ses yeux s'assombrissent.

J'acquiesce.

— Tu en es sûre ?

Je hoche la tête à nouveau et commence à m'agenouiller, mais il me retient par les bras et me redresse.

— Non, ma belle. Pas ici.

Je le regarde fixement en battant des paupières. J'allais lui rendre la faveur, c'était la moindre des choses.

— Je voulais que tu te détendes. Maintenant, c'est fait.

Ma bouche s'entrouvre comme si j'allais dire quelque chose mais, une fois encore, rien n'en sort. Il se recule un peu pour regarder mon visage avant de laisser ses yeux vagabonder sur mon corps.

— Tu es tellement belle, comme ça, dit-il avant d'arranger le bas de ma robe sans me quitter des yeux. Les joues roses, avec cet éclat de sueur que j'ai mis sur ta peau…

Mes joues doivent tirer vers le cramoisi plutôt que le rose. L'avidité se lit toujours dans son regard et y brûle encore plus qu'avant l'incroyable orgasme qu'il vient de me donner.

— On ferait mieux de retourner à la fête, dis-je, retrouvant enfin la parole. Je suis sûre qu'on nous cherche.

Ma tête est brouillée par tout un fatras d'émotions confuses. C'est l'effet du sexe. Ce qui avait commencé comme un échange de services s'est transformé en deux orgasmes, réveillant des émotions que je pensais avoir enterrées en moi depuis longtemps.

Peut-être que c'est dû à sa façon de me regarder. Ou bien c'est à cause du plaisir que son corps me donne. Quoi qu'il en soit, Vinnie m'a complètement séduite.

En sortant du vestiaire, je jette un regard alentour pour voir si quelqu'un nous surprend. Personne ne regarde, bien sûr. Ils sont tous bien trop occupés à parler et à fêter l'anniversaire de mes parents pour avoir ne serait-ce que remarqué notre absence.

Vinnie passe un bras autour de ma taille et cale une main sur ma hanche pour me guider à travers la salle.

— Souris, dit-il.

Je n'avais même pas remarqué que je ne souriais pas. Je

m'exécute. Alors qu'on approche de la table où elle se tient, ma grand-mère s'illumine comme si elle connaissait notre secret.

— Asseyez-vous, nous ordonne-t-elle en désignant deux chaises vides à côté d'elle.

Les rides autour de ses yeux se creusent.

— Faites plaisir à une vieille femme.

Vinnie tire à mon intention la chaise la plus proche d'Abuela et je m'y assieds. Il pose ses mains sur mes épaules et se penche en avant pour chuchoter :

— Je vais nous chercher à boire pendant que tu reprends tes esprits.

Je hoche la tête en regardant droit devant moi, toujours dans une sorte de transe post-orgasmique. Il s'est à peine éloigné de quelques pas que ma grand-mère prend ma main dans la sienne et la serre doucement.

— Ça fait peur, au début, quand ça arrive, mon petit cœur. Mais ne laisse pas ta tête se mettre en travers de ce que le destin a décidé.

— Quand quoi arrive ?

Elle rit doucement.

— Quand tu commences à craquer.

— Je ne craque pas, dis-je, essayant de me défendre, mais elle me fait taire.

— Je vois comment cet homme te regarde et comme tu le dévisages. J'ai beau être vieille et mes yeux me font peut-être défaut, mais il y a certaines choses que même les plus aveugles peuvent voir, dit-elle en tapotant ma main. Ne laisse pas la peur t'interdire le bonheur. Les peines de cœur nous poussent sur le chemin qui nous est destiné jusqu'à ce que nos âmes trouvent leur évidence.

CHAPITRE 14
VINNIE

— JE SUIS EN ROUTE, Ma. Je suis juste un peu en retard.

— Grosse soirée, hier soir ? demande-t-elle à l'autre bout du fil tandis que je sors dans le couloir et ferme ma porte.

Je découvre Bianca, de dos, devant sa porte. Elle me lance un regard par-dessus son épaule.

— Hey, ma belle, dis-je en regardant son pantalon de yoga qui la moule merveilleusement.

— À qui parles-tu ? demande ma mère à qui je ne réponds pas.

— Hey, dit Bianca en souriant avant de me tourner le dos à nouveau.

— Tu restes chez toi aujourd'hui ?

Je mate littéralement son cul, il est mortel dans ce collant. Elle se retourne et surprend mon regard.

— J'ai un chapitre à écrire aujourd'hui. Je suis enchaînée au clavier une fois de plus, dit-elle en soupirant. Les mots ne viennent pas aussi facilement que d'habitude.

— Vinnie, à qui est-ce que tu parles, demande encore ma

mère mais cette fois elle le fait plus fort, en me criant presque dessus au téléphone.

— À ma chérie, Ma. Bianca. C'est ma voisine.

Bianca rougit.

— Ne lui dis pas ça, chuchote-t-elle.

Elle a pourtant un léger sourire sur le visage, comme si cette appellation ne lui avait pas déplu.

— Amène-la déjeuner.

— Ma, je ne pense pas…

Elle me coupe la parole :

— On veut rencontrer ta petite amie. Amène-la, Vinnie. Ne nous sors aucune excuse, dit-elle avant de raccrocher.

Je détache mon téléphone de mon oreille et regarde l'écran. Ma mère ne me raccroche jamais au nez. Jamais. Elle le fait peut-être avec mes frères et ma sœur, mais pas à moi, son petit garçon, sa fierté, sa joie… !

Bianca se retourne pour me faire face.

— Qu'est-ce qui ne va pas ?

— Elle a dit que je devais t'amener déjeuner chez elle et puis elle a raccroché.

— Je ne peux pas venir. Je suis dans un sale état. Je viens de faire du sport, je suis toute poisseuse.

Je fais un pas vers elle en la regardant de la tête aux pieds.

— Tu es belle. Aussi belle que dans le vestiaire hier soir.

Ses joues rosissent et elle baisse les yeux.

— Il faut que tu arrêtes de dire aux gens que je suis ta petite amie. Tu as rempli ta part du contrat.

Je pose une main sur elle pour qu'elle me regarde. Je ne sais pas ce qu'elle ne comprend pas mais, contrat ou non, j'ai envie d'être avec elle.

— Est-ce que je te plais ?

Elle avale difficilement sa salive en me fixant de ses grands yeux bruns.

— Oui, mais…

— Il n'y a pas de mais. Tu me plais, Bianca, et j'ai déjà dit que tu étais ma petite amie. Je ne dis pas ces mots-là facilement ou souvent. Alors, va chez toi et fais ce que tu as à faire, mais tu m'accompagnes à mon déjeuner de famille aujourd'hui.

— Mais, mon travail…

— Tu travailleras plus tard. Et peut-être que je te donnerai un peu d'inspiration à notre retour, dis-je avec un sourire en coin.

J'adore l'aider dans son travail, surtout quand elle finit sur mes genoux à me chevaucher comme si j'étais son étalon préféré.

Elle me jette un coup d'œil une seconde puis se met à soupirer.

— Rencontrer tes parents serait un grand pas en avant. C'est un peu tôt pour ça, Vinnie.

— J'ai rencontré ta famille entière hier soir.

Elle plisse les yeux. Elle sait bien que j'ai raison et elle se raccroche à ce qu'elle peut. Je ne quitterai pas ce couloir sans elle à mes côtés. Aucune chance que j'aille chez ma mère sans Bianca, parce qu'elle se mettrait en colère et qu'une Betty fâchée est loin d'être amusante.

— Bon, donne-moi dix minutes.

— Prends ton temps. J'attendrai.

Comme elle reste plantée là à me regarder en clignant des yeux, je tourne son corps vers la porte.

— Je vais lire en t'attendant.

Elle marmonne quelque chose dans sa barbe en ouvrant la serrure, mais je comprends parfaitement ce qu'elle dit. Elle lâche ses clés sur le comptoir de la cuisine et, se parlant toujours à elle-même, disparaît dans la chambre.

J'attrape un livre sur la table basse avant de me vautrer dans le canapé. Ce même canapé sur lequel elle a joui quand elle était sur mes genoux, il y a seulement quelques jours de ça. Les sons et les odeurs de cette soirée me reviennent en mémoire. J'ouvre le livre de poche vers le milieu, pour tuer le temps.

Je lis la première phrase d'une page au hasard et me prends rapidement dans le flot des mots. Je jette un œil vers la chambre de Bianca avant de refermer le livre en laissant un doigt à l'intérieur pour marquer ma page. Je regarde la couverture. Le livre paraît plutôt innocent, contrairement à ce qui se trouve dedans.

Est-ce que Bianca est comme ça ? A-t-elle le fantasme secret d'être kidnappée et puis baisée ? Je pense que c'est le fantasme de tous les hommes. Je ne connais aucun mec qui n'aimerait pas être retenu captif, avec l'obligation de baiser des femmes encore et encore jusqu'à ce qu'elles jouissent. Mais jamais de la vie je n'aurais pu imaginer que Bianca versait dans ce genre de truc.

Je rouvre le livre et recommence à lire. Je ne sais pas s'il est normal que cette lecture m'excite autant. Je réajuste mon sexe dans mon pantalon, tellement immergé dans la scène que je n'entends même pas Bianca revenir dans le salon.

— Qu'est-ce que tu lis ? demande-t-elle en essayant de me prendre le livre des mains, mais je tiens bon.

Je ne lève pas les yeux et reste accroché à la page. Il faut que je sache comment se termine la scène.

— Chut, ça devient chaud…

— Ah oui ? Je ne l'ai pas encore lu. Un ami me l'a envoyé, disant que c'était plutôt sombre.

— Hum… Je me sens honteux que ça me plaise.

Elle émet un petit rire et m'ébouriffe les cheveux.

— Ah, c'est un tripoteur de cerveau, alors.

Je bascule la tête en arrière pour la regarder mais ne vois rien d'autre que des seins au-dessus de moi, ce qui est loin de m'arranger, vu l'état de mon pantalon.

— Un quoi ?

— Un livre qui te baise le cerveau. Tu sais que tu ne devrais pas l'aimer, mais tu l'aimes quand même. Du coup, tu te sens honteux et sale.

— C'est ça, ma belle. Exactement. Prends ton temps. Mais si tu mets trop longtemps, on ne pourra pas partir d'ici sans que tu me mettes tes seins sur le visage pendant que je lirais ce livre.

Elle pouffe encore et ma queue se tend, suppliant d'obtenir quelque chose… n'importe quoi. Ça me demande tous les efforts du monde pour ne pas la pourchasser quand elle remue ses seins au-dessus de moi et repart précipitamment dans sa chambre. Je crie :

— Allumeuse !

— C'est pas vrai !

Ce n'est pas une allumeuse, mais putain, elle n'a même pas encore posé une main sur ma queue et m'a encore moins laissé me glisser entre ses cuisses. Elle a eu deux extraordinaires orgasmes – qu'elle veuille l'admettre ou non, je sais que c'est le cas – alors que moi, je n'en ai eu qu'un seul et encore, en me frottant contre son sexe à travers nos pantalons.

Je ne peux pas m'arrêter de lire, la bouche ouverte. Je ne sais pas combien de temps s'écoule avant qu'elle revienne dans le salon en s'éclaircissant la gorge.

— Je suis prête. On y va ?

Je lève un doigt en l'air en terminant de lire les derniers mots de la page.

— Une seconde.

Elle me prend le livre des mains. Je grogne, parce que j'ai besoin de savoir ce qu'il va se passer ensuite.

— Emporte le livre chez toi pour le finir, me dit-elle avec un rictus. Je ne savais pas que tu aimais lire à ce point.

— Putain, moi non plus ! dis-je en lui faisant signe de me le rendre. Mais je veux finir ce livre, et le tien aussi.

— Est-ce que Vinnie Gallo serait un amateur de romance en cachette ?

— Tais-toi. Ne t'avise pas de le dire à quiconque.

Elle pose ses mains sur ses hanches et sourit.

— Et qu'est-ce que je gagne, en échange de mon silence ?

— Tous les orgasmes que tu voudras.

J'ai tout à y gagner. Ses orgasmes mèneront sûrement aux miens. En tout cas, j'espère éperdument qu'il en soit ainsi, un jour ou l'autre.

Elle bascule sa tête d'un côté puis de l'autre comme si elle évaluait ma proposition. Quand je marche vers elle, elle répond :

— Pourquoi pas…

Je l'attire contre moi, de sorte qu'elle puisse sentir mon sexe gonflé du désir que j'éprouve pour elle.

— Ma belle, tu sais combien tu aimes que je te fasse jouir, et je ne t'ai même pas encore pénétrée profondément comme je le ferai, jusqu'à ce que tu ne puisses plus respirer.

— Je…

— Chut, dis-je en posant un doigt sur ses lèvres. Imagine la qualité du plaisir que je peux donner quand j'utilise tout mon arsenal. Et imprègne-toi de cette idée.

Ses lèvres s'entrouvrent derrière mon doigt et elle exhale un long soupir tremblant sans me quitter des yeux.

— On ferait mieux d'y aller, murmure-t-elle.

— Si ma mère ne nous attendait pas, je…

Je ne peux même pas finir cette phrase. Elle serait trop obscène, et puis ma queue est trop dure. Elle secoue la tête en fermant les yeux.

— Ne le dis pas, sinon je ne voudrais plus partir.

C'est elle qui le dit… Pour ma part, je n'ai déjà plus envie de partir, alors que c'est ma famille qu'on va voir. Je baisse les yeux sur sa poitrine. Même couverte d'un tee-shirt, elle appelle en suppliant mes mains et mes lèvres.

— Je veux te prendre ce soir. J'en ai marre d'attendre.

— Je dois travailler, me rappelle-t-elle comme si ça pouvait lui servir d'excuse.

— Je servirai ton inspiration. Appelle ça de la recherche professionnelle.

Un léger sourire se dessine sur ses lèvres.

C'est déjà ça de pris. Et puis, personne ne rencontre ma famille sans en tomber immédiatement amoureux.

CHAPITRE 15
BIANCA

— VOICI MON FRÈRE LUCIO, sa femme Delilah, ma sœur Daphne, son mari Leo, notre frère aîné Angelo, et sa fiancée Tilly.

Debout dans le salon, je regarde dans un silence stupéfait les frères, la sœur, le beau-frère et les belles-sœurs de Vinnie à mesure qu'il me les présente. C'est comme si j'avais pénétré un monde parallèle où tout le monde était beau et musclé. Les gènes de cette famille sont vraiment puissants.

Vinnie m'attire contre lui.

— Voici ma petite amie, Bianca.

Je ne suis pas la seule à être bouche bée. Ils me regardent tous comme si j'étais une apparition. J'en viens presque à me demander si je n'ai pas quelque chose sur le visage, tant ils me dévisagent fixement.

— Tu as amené une fille au repas de famille ? demande Daphne, apparemment en état de choc.

— Pas n'importe quelle fille, Daphne. *Ma* chérie.

Il continue à m'appeler comme ça, en plus de *ma belle*. Il

ramène ça encore et encore sur le tapis alors qu'on n'a même pas discuté des statuts de notre relation.

Angelo hoche lentement la tête et un sourire illumine progressivement son visage.

— Je n'aurais jamais cru que ce jour arriverait.

Je me penche vers Vinnie et lui demande à l'oreille en chuchotant, alors que personne ne me quitte des yeux :

— Pourquoi est-ce qu'ils me regardent tous comme ça ?

Il baisse les yeux vers moi et me répond avec un sourire satisfait, la main fermement posée sur ma hanche :

— Parce que je n'ai jamais amené une fille à un repas de famille.

— Jamais ?

Il fait non de la tête. Le ventre chamboulé, je demande :

— Pourquoi moi ?

— Parce que, ma belle, comme je te l'ai dit… commence-t-il avant de faire un signe de tête vers sa famille. Tu es ma chérie.

Il l'a déjà dit, mais ça ne m'aide pas à comprendre.

— On est ravis que tu sois là, Bianca, dit Lucio en berçant un minuscule bébé dans ses bras. Ce n'est pas tous les jours que Vinnie ramène à la maison une… chérie.

Il prononce le dernier mot en faisant une drôle de tête, comme si c'était incongru.

— Ça n'est jamais arrivé, dit Daphne en devançant Lucio et Angelo pour me tendre la main. Ravie de te rencontrer, déclare-t-elle avant de regarder Vinnie. Ça me fait plaisir de voir mon frère se ranger.

Je sais ce qu'elle veut dire par là sans qu'elle ait besoin de l'expliquer. Vinnie est un coureur. J'ai vu des types comme lui au lycée et à la fac. Le genre de coq du campus avec tellement de filles à ses pieds se disputant son attention que ça lui monte à la tête. Je ne peux même pas imaginer combien de filles ont obtenu ses faveurs, mais rien que d'y penser, j'ai des nœuds dans le ventre.

— Vinnie est là ? demande une femme en criant depuis la pièce à côté.

— Oui, et il a amené une *chérie* ! répond Daphne en criant à son tour.

La femme se précipite en sortant de la cuisine. Elle porte un tablier et brandit une spatule comme si c'était une épée. Elle se dirige droit vers nous. Ses beaux cheveux roux rebondissent sur ses épaules quand elle s'arrête net devant nous. Elle prend dans ses mains le visage de Vinnie en écrasant ses joues dans ses paumes comme s'il était encore un petit garçon.

— Mon bébé, dit-elle avant de l'embrasser sur les joues. Tu as belle mine.

Elle le scrute un instant et je suis soulagée qu'elle m'ignore.

— Tu as l'air heureux.

— Je le suis, Ma, répond-il d'une voix brouillée par la distorsion de ses joues. Je te présente Bianca.

Sa mère le relâche et recule d'un pas pour me regarder. Elle m'observe de la tête aux pieds.

— Eh bien, en voilà une belle fille ! déclare-t-elle en souriant avant de s'approcher de moi. Des pommettes hautes, une belle peau dorée et des hanches parfaites pour la procréation.

Je jette un regard de côté à Vinnie. C'est la première fois que quelqu'un décrit mes hanches comme étant parfaites pour la procréation. Je ne suis pas maigre comme un clou, ne l'ai jamais été et ne le serai jamais. Mais de là à ce que mes hanches inspirent la procréation…

— Salut, dis-je nerveusement en me tordant les doigts, parce que je ne sais pas quoi faire d'autre.

Ses frères et sa sœur sont choqués de me trouver là et sa mère, à l'image de ma grand-mère, nous voit déjà fonder une famille.

Embarrassant.

— Tu es absolument ravissante, conclut sa mère en souriant avant de tendre la spatule à Angelo pour me prendre dans ses bras et me faire un énorme câlin.

Vinnie lâche mes hanches, m'abandonnant aux bras de sa mère sans la moindre hésitation.

— Elle est écrivaine, Ma, dit Vinnie avec fierté. Et pas des moindres !

Elle recule la tête et me regarde, émerveillée, me serrant toujours si fort contre elle que je peux à peine respirer.

— Une intellectuelle, Santino ! crie-t-elle par-dessus son épaule. Ramène tes fesses par ici et viens faire sa connaissance. Pardon, ajoute-t-elle en me souriant, il regarde *Sox in the den*.

— Eh bien, dis-je en riant, au moins il ne regarde pas *The Cubs*.

Un bel homme plus âgé et moins baraqué que les plus jeunes entre dans le salon. Il marmonne dans sa barbe en se dirigeant vers nous mais, dès qu'il me voit, ses yeux s'illuminent.

— Bianca, dit-il comme s'il savait exactement qui j'étais. Vinnie m'a beaucoup parlé de toi.

Une vague de chaleur embrase mon cou puis mes joues, ce que je pensais impossible dans la mesure où j'étais déjà toute rouge d'embarras, vu l'accueil qui m'est fait.

— Vraiment ? dis-je en me retournant pour jeter un coup d'œil à Vinnie.

Je me demande bien ce qu'il a pu lui dire sur moi. Vinnie m'attire à nouveau contre lui.

— Je n'avais pas raison, Pop ?

— Tu avais raison, mon fils. Belle et intelligente. Je m'appelle Santino, ajoute-t-il en prenant ma main et en la portant à ses lèvres. Mais tu peux m'appeler Tino.

Il dépose un baiser des plus légers qui soit sur le dessus de ma main. Les hommes de cette famille ont du charme, de l'allure et plus de muscles que de simples humains devraient être autorisés à avoir. C'est absurde… C'est comme si j'étais entrée dans l'un de mes propres livres. Mais ce n'est pas de la fiction ; c'est la réalité.

— Tino, intervient la mère de Vinnie en le repoussant. Arrête de peloter cette pauvre fille.

Elle crochète son bras au mien et m'entraîne vers la cuisine, Vinnie étant toujours collé à moi.

— À table dans dix minutes, lance-t-elle.

Je m'attends à ce que les autres membres de la famille retournent à ce qu'ils faisaient avant notre arrivée, mais ils n'en font rien. Au contraire, ils nous suivent tous dans la cuisine et s'installent autour de la grande table. Vinnie tire une chaise à mon attention.

Tout ça est assez étourdissant, au bas mot.

— Tu aurais dû me prévenir, lui dis-je à voix basse pour que personne ne puisse m'entendre au-dessus de leurs propres conversations, alors qu'il m'embrasse sur la joue.

— Alors, Bianca, qu'est-ce que tu écris ? demande Daphne en soulevant une bouteille de vin et en l'inclinant vers moi.

Je hoche la tête. Bien qu'il soit à peine midi, je prendrais bien un petit verre.

— Des romans.

— Des romans d'amour, ajoute Vinnie. Et sacrément chauds, en plus !

Le visage de Daphne s'illumine. Elle lance un regard à Tilly et à Delilah.

— On adore lire des romans chauds ! Peut-être qu'on a lu certains des tiens… C'est quoi, ton nom d'auteur ?

— Bianca May.

— Oh mon Dieu. Pas possible !

— Possible, dis-je avec un sourire, en déduisant qu'elle a lu un de mes livres ou entendu parler de moi.

— On a deux célébrités à notre table, dit Tilly avec un petit rire. Un quarterback superstar et une auteure vedette.

— Vedette, je ne sais pas…

— Ne sois pas modeste, ma chérie, répond Tilly. Prends le mérite qui t'ait dû.

— J'adore tes livres, dit Daphne, et je suis d'accord avec Tilly. Tu es une rock star.

Madame Gallo vient se poster au bout de la table, brandissant encore la même spatule qu'elle tenait à notre arrivée.

— Est-ce que je devrais les lire ?

— Non. Surtout pas.

Ma réponse est rapide et sans appel. La dernière chose dont j'ai envie, c'est que la mère de mon mec lise mes livres.

Mon mec ?

Oh mon Dieu.

Voilà que je me mets à parler comme Vinnie. D'où est-ce que j'ai sorti ça ? Je suis toujours dans ma période pas-le-temps-pour-une-liaison-ni-aucune-distraction. Du moins, c'est ce que je m'acharne à me répéter.

Ces dix derniers jours, j'ai passé plus de temps avec Vinnie que j'ai pu en passer avec certains de mes petits amis en plusieurs mois.

— Ma, c'est tout à fait dans tes cordes, lui dit Delilah.

Je me mets à gigoter, les mains sur mes genoux, prête à m'enfuir d'ici dans une panique totale.

— Érotique à quel point ? demande madame Gallo.

— Érotique avec un grand É, répond Daphne en riant.

— Ce doit être une sacrée chance de sortir avec une auteure de romance érotique, commente Lucio avec un sourire en coin.

Vinnie se frotte la nuque. Il a vu ce qu'était la réalité quotidienne d'un écrivain. J'ai beau écrire des romans d'amour, je suis plutôt dans un sale état ; à force d'être enfermée dans mon appartement, je suis loin d'être pomponnée ou de sentir la rose.

— C'est différent, répond Vinnie en passant une main sous la table pour venir la poser sur la mienne.

— Peut-être qu'elle peut t'initier à l'érotisme, dit Angelo en croisant les bras et en toisant Vinnie d'un drôle d'air.

Je saisis mon verre de vin de ma main libre et l'avale d'un trait comme si je venais de faire la traversée du désert.

— Je sais tout de l'érotisme, mon frère.

— Très bien, répond Angelo en soupirant. Alors peut-être qu'elle peut t'initier à l'amour.

Je m'étouffe à moitié et me mets à tousser de manière incontrôlable. Vinnie me frotte le dos et tout le monde se tait. Même si je suis à court de souffle, au moins plus personne ne parle d'amour, de couple ou d'érotisme.

— Tu vas bien, ma belle ? demande Vinnie en me regardant avec ses grands yeux verts.

Ce qu'il est beau… ! Je hoche la tête en essuyant les larmes de mes yeux et réponds en grinçant :

— Super. Je n'ai jamais été aussi bien.

— Comment se passe l'entraînement, Vinnie ? demande

monsieur Gallo comme s'il lisait dans mes pensées et volait à mon secours.

— À merveille, répond Vinnie sans détacher sa main de moi. Je pense que ma place est verrouillée.

— Est-ce que ta place est la seule chose que tu aies verrouillée ? demande Angelo en glissant un regard vers moi avant de revenir à son frère.

Vinnie se penche en avant et répond en plissant les yeux.

— Tout sera verrouillé bientôt.

— De quoi s'agit-il ? demande Tilly tandis que la petite fille la plus mignonne que j'aie jamais vue monte sur ses genoux.

— Rien, rien, répond Angelo en lui souriant.

— Qu'est-ce que tu veux, ma petite chérie ? demande Tilly à la petite fille.

— C'est Tate, la fille d'Angelo, murmure Vinnie à mon oreille.

— Je me demandais... commence Tate comme si tout un rouage se mettait en branle dans sa tête, ou comme si ce qu'elle s'apprêtait à demander était tellement démesuré qu'elle devait l'amener lentement sur le tapis. Si, après le dîner...

Elle triture le collier au cou de Tilly en la regardant avec les plus grands et adorables yeux de chiot que j'ai jamais vus, avant de finir sa phrase :

— ... je pourrais avoir deux cupcakes.

— Non, un seul, Tate, lui dit Angelo.

Les épaules de Tate tombent en avant.

— S'il te plaît, supplie-t-elle en regardant Tilly comme si elle n'entendait même pas son père.

Tilly recoiffe quelques mèches de cheveux derrière l'oreille de Tate.

— Ton papa a dit un.

Tate soupire bruyamment.

— D'accord, mais je choisirai le plus gros de tous.

Tilly se met à rire.

— Comme tu voudras, ma puce.

— Tout le monde, assis ! Le repas est prêt, dit madame Gallo en nous tournant le dos pour ouvrir le four.

Vinnie se penche vers moi.

— Sa cuisine est dégueulasse. Sois prévenue. N'en prends pas trop.

Je hausse les sourcils. Avec autant d'enfants à nourrir, je m'attendais à ce qu'elle soit bonne cuisinière. Aucun d'entre eux n'a l'air d'avoir sauté un seul repas de toute sa vie.

— D'accord, dis-je à mi-voix, la bouche si près de la sienne que je pourrais l'embrasser.

C'est ça, le problème.

Je n'ai jamais eu autant envie d'un homme. Ce serait une bonne chose pour quelqu'un qui nagerait en pleine romance. Mais, pour une fille comme moi qui approche d'une date butoir, c'est une catastrophe.

Au lieu de marteler mon clavier, je passe mes journées à rêver éveillée de Vinnie et de ses grandes mains, sans parler des autres parties de son corps qui ont transformé le mien en volcan.

Comment ai-je pu craquer pour un homme si vite et si fort alors même que j'avais renoncé aux mecs ?

C'est l'effet Vinnie Gallo : toute ma volonté a été balayée d'un coup.

CHAPITRE 16
VINNIE

JE N'AI PAS VU Bianca depuis cinq jours. L'entraînement est éreintant et quand je rentre à la maison, je suis complètement lessivé. J'ai mal au bras et je passe des heures avec de la glace sur l'épaule, assis dans mon canapé, à somnoler ou à lire ce livre obscène que j'ai pris sur sa table basse.

Vinnie l'étudiant n'existe plus. Le temps où, béni des Dieux, je passais des jours à faire la fête et m'en remettais en un clin d'œil est révolu. Tout est plus dur. On court plus vite, on repousse les limites de nos corps toujours plus loin même quand le moindre effort supplémentaire paraît impossible.

On s'est envoyé des textos par intermittence, avec Bianca, mais elle dit être très occupée par son travail et que je suis une distraction. Je sais bien que sa date butoir approche, mais elle doit sortir la tête de l'eau, quand même... Il faut bien qu'elle mange, qu'elle prenne soin d'elle et qu'elle s'éloigne de son clavier de temps en temps si elle ne veut pas finir complètement dingue.

Je me tiens devant sa porte avec un arsenal complet de

trucs pour l'aider à se détendre : de la nourriture chinoise, de la pizza, du vin, une bougie censée aider à la concentration, et moi. On est vendredi soir, j'ai deux jours de récupération devant moi et rien n'est plus tentant qu'un moment avec Bianca. Après l'avoir harcelée pendant des heures, elle a fini par céder en acceptant de faire une pause ce soir.

Elle ouvre la porte et mon sang ne fait qu'un tour. Elle porte son collant de yoga que j'aime tant, celui qui épouse les courbes de ses fesses à la perfection. Son petit débardeur ne laisse pas grande place à l'imagination non plus et vu qu'elle ne porte pas de soutien-gorge, je suis presque incapable de détacher mes yeux de ses seins.

— Hey, dit-elle tandis que je la mate comme si je n'avais jamais vu une femme de ma vie. Entre.

Elle tente de me prendre le sac et la boîte à pizza des mains mais je secoue la tête.

— Je gère. C'est ta soirée détente. Je ne veux pas que tu lèves le petit doigt.

Elle recule pour libérer le passage et j'entre chez elle, habillé encore plus légèrement qu'elle. Ça fait partie de mon plan. Elle continue à me balader en me parlant de sa trêve relationnelle et sexuelle mais, jusqu'ici je compte deux orgasmes, les deux fois où elle a trahi sa promesse, qu'elle continue à brandir à tout bout de champ comme pour se rassurer.

Elle me suit jusqu'au canapé et reste à côté de moi quand je me mets à déballer le repas. Je lui jette un coup d'œil et la surprends à mater mes biceps en se léchant les lèvres comme si elle s'apprêtait à me manger moi plutôt que les plats à emporter.

— Tu as faim ?

Elle acquiesce, remarquant enfin que je la regarde m'observer.

— Je n'ai pas mangé de la journée.

— Ma belle, dis-je en attrapant sa main pour l'attirer au sol devant la table basse. Tu dois prendre soin de toi mieux que ça. Ton esprit a besoin de carburant pour créer, tout comme ton corps. Il ne faut plus sauter de repas. Le café ne fait pas partie d'une catégorie alimentaire.

Elle paraît chiffonnée.

— Ça m'aide à tenir.

Je prends ses mains et les serre dans les miennes.

— Est-ce que je dois te faire livrer des repas pour être sûr que tu manges quand je travaille ?

Elle me fixe en clignant des yeux, comme si je m'étais mis à parler un dialecte étrange.

— Encore mieux : je demanderai à mon chef cuistot de préparer tes repas pour la semaine, comme ça je n'aurai plus besoin de m'inquiéter.

— Je m'en sors bien, Vinnie. Ne dis pas de bêtises, dit-elle avant de souffler. Tu as un chef cuistot ?

— J'ai un régime très strict, dis-je en caressant ma poitrine pour la narguer un peu parce qu'elle continue à me fixer comme si j'étais son dîner. Il faut que je maintienne ce corps en pleine forme pour la longue saison qui s'annonce.

Ses yeux suivent ma main et s'attardent.

— Il me semble en parfaite santé, répond-elle doucement.

— Tu as envie de le toucher, pas vrai ? dis-je avec un petit sourire satisfait.

— Tu es tellement imbu de toi-même, répond-elle en me donnant une claque sur l'épaule, mais je sais que j'ai raison. Je suis morte de faim, ajoute-t-elle.

— Tu as de la chance, je fais une entorse à la règle, ce soir, sans quoi on aurait mangé du poulet et des brocolis.

Elle fronce les sourcils.

— Ça n'aurait pas été si terrible.

Je déballe le repas en ouvrant les cinq petites boîtes que j'ai commandées.

— Ça l'aurait été, comparé à ça. Comme je ne savais pas ce que tu aimais, j'ai pris un peu de tout.

— Je ne suis pas difficile.

Je la regarde m'aider à ouvrir les boîtes. Je sais qu'elle est très difficile, au contraire. Si elle ne l'était pas, on aurait déjà couché ensemble. Mais elle n'est pas comme la plupart des filles que j'ai connues. Et c'est peut-être ce qui me plaît le plus chez elle. Elle est entière et se fiche complètement de savoir qui je suis, ce que je fais ou combien j'ai sur mon compte en banque.

— Tu veux regarder *Scandalous Reign* ?

Les commissures de ses jolies lèvres pulpeuses remontent.

— Tu es sûr ? Je n'ai pas eu le temps de le regarder de toute la semaine.

— Je te l'ai dit, j'adore ce feuilleton, dis-je en attrapant la télécommande avant de la lui tendre en ajoutant : mets-le.

Dès que l'épisode démarre, je sais que j'ai touché le jackpot. Je me souviens exactement de ce qu'il se passe quand princesse Viktoria se fait séduire. C'est de loin l'épisode le plus chaud de toute la série.

— Je ne peux pas imaginer être promise à quelqu'un que je n'aurais même pas rencontré, dit Bianca, avant d'enfourner une pleine fourchette de nouilles asiatiques dans sa bouche.

— C'est parce que tu crois en l'amour, mais leur mariage n'est qu'une question de pouvoir et de lignée.

Ses yeux sont rivés sur l'écran.

— Mais elle est amoureuse de Richard… Mon cœur va se briser en mille morceaux.

Richard est un comte, et n'a pas de titre suffisamment élevé ou de sang royal pour prétendre épouser la femme qu'il aime. Viktoria est une princesse et la dernière enfant du roi et de la reine, elle est complètement coincée. Richard et Viktoria n'ont pas cessé de s'embrasser de tout le feuilleton, toujours suivi d'un fondu enchaîné laissant les spectateurs imaginer la suite ; mais dans cet épisode, avant qu'elle prononce ses vœux de mariage… ils montrent tout.

— Oh mon Dieu, murmure Bianca. Est-ce qu'ils vont le faire ?

Elle me regarde avec les yeux ronds et se retourne vers l'écran avant même que j'aie pu répondre.

Ils le font, ce n'est rien de le dire, et c'est extrêmement chaud. Bianca tient sa fourchette en suspension devant sa bouche sans manger. Elle ne peut pas détacher ses yeux de la télévision et regarde les doigts de Richard défaire les liens de la robe de Viktoria, dans son dos. Quand le tissu tombe au sol en dénudant la princesse qui se tient dos à la caméra, Bianca aspire une bouffée d'air et se rejette en arrière.

La robe forme une flaque aux pieds de Viktoria. Richard presse ses fesses en l'embrassant profondément. La scène n'est pas pornographique, mais le fait que leur amour et ce qu'ils font soient interdits rend cet acte très excitant.

Bianca se tortille si légèrement que je m'en aperçois à peine.

— J'attends ça depuis si longtemps, dit-elle.

— Ça valait le coup d'attendre, crois-moi.

— Comme tout ce qui est bon, en général.

Je souris en regardant son profil. Je prends une part de pizza, mais la nourriture est dénuée d'intérêt à côté de Bianca. Elle ne se rend pas compte que je l'observe au lieu de regarder l'écran et j'en profite pour détailler son corps et me délecter de ses courbes sexy.

Elle est belle au naturel. Même sans le moindre maquillage, sa beauté est à couper le souffle. La plupart des femmes que j'ai connues étaient méconnaissables le matin, au réveil, comparées à l'allure qu'elles avaient la veille. J'avais chaque fois l'impression de me réveiller avec une parfaite inconnue au lieu de la fille que j'avais pénétrée profondément quelques heures plus tôt. Mais ce n'est pas le cas de Bianca. Tout chez elle est réel.

Elle pose sa fourchette sur la table et couvre son visage de ses mains.

— Oh mon Dieu, ils vont se faire prendre. Je ne peux pas voir ça.

— Ils ne se font pas prendre.

Elle se tourne vers moi en écartant ses doigts pour me voir.

— Ne gâche pas mon suspense.

— Quel suspense ? Tu caches tes yeux ! Tu ne regardes même pas l'écran.

Elle lève le menton et laisse tomber ses mains.

— Si, je regarde. Ne me dis pas ce qu'il va se passer.

— Alors regarde. Les choses sérieuses vont commencer.

Elle se retourne en grognant vers la télévision.

— Tu es sûrement ce genre d'abruti qui lit le dernier chapitre des livres avant d'entamer la première page.

— C'est faux.

Elle me chasse d'une main pour me faire taire comme si

je l'empêchais de suivre le fil de l'histoire, quand bien même les personnages ne parlent pas. Les seuls bruits dans l'appartement sont leurs gémissements à la télé. Bianca respire tout doucement en fixant l'écran où Richard prend le téton de la princesse dans sa bouche tout en l'allongeant sur le lit pour venir se glisser entre ses jambes. L'angle de la caméra change pour offrir une vue du dessus. On voit les fesses de Richard et même si son corps n'est pas si terrible, Bianca bascule en arrière en le voyant se mettre à percuter Viktoria encore et encore jusqu'à ce qu'un fondu final mette un terme à la scène.

Je m'approche de Bianca et lui touche la main. Elle me jette un coup d'œil et pendant un instant, je crois qu'elle va encore me repousser. Au contraire, elle sort sa langue de sa bouche et la passe sur ses lèvres. Mon sexe se tend et gonfle, palpitant, à l'agonie.

— Laisse-moi te voir nu, dit-elle innocemment, du même ton que si elle me demandait un point météo.

— Comment ?

Je pense avoir mal entendu. Peut-être que l'état de ma queue a court-circuité la réalité.

— Déshabille-toi. Je veux te regarder.

— Maintenant ?

Elle hoche la tête et cette fichue langue sort à nouveau de sa bouche pour caresser ses lèvres généreuses.

— Oui, maintenant.

Je n'ai jamais été pudique. Je me lève sans attendre et baisse mon pantalon. Quand je me redresse et que mon sexe dénudé remue, elle écarquille les yeux. Son visage n'est pas loin de ma queue et elle la regarde comme si elle n'avait jamais rien vu d'aussi impressionnant.

Elle se rapproche sans la quitter des yeux.

— Touche-la, dit-elle. Prends-la dans ta main et caresse-toi.

Je ne suis pas venu ici pour me masturber moi-même, mais si ça peut lui faire plaisir, je le ferai.

Elle entrouvre la bouche en me voyant prendre mon sexe dans ma paume et enrouler mes doigts autour.

— Ton corps est parfait, dit-elle en faisant glisser son regard sur mes abdos avant de redescendre vers mon sexe. Tu es comme une œuvre d'art. Tu es tellement dur… partout.

— C'est à cause de toi, Bianca.

Je me branle plus vite en serrant ma queue et mes hanches basculent pour percuter ma paume. Malgré toutes mes expériences sexuelles, je n'avais jamais fait ça devant une fille. Me branler, je pouvais le faire seul, et l'idée de le faire devant quelqu'un ne me séduisait pas. Mais là, vu sa façon de me regarder et de me dire comment me toucher, c'est la chose la plus excitante au monde.

Elle tend les bras vers mes jambes et saisit mes cuisses à deux mains pour se rapprocher de moi, toujours au sol. Elle est si proche que son souffle chaud caresse mon gland, ce qui me fait bander encore plus.

Elle tourne mes hanches et vient poser son dos contre le canapé pour être face à la télé et à ma queue. Les gémissements de Viktoria et de Richard reprennent à l'écran et une des mains de Bianca quitte ma jambe. Je suis son mouvement des yeux et je suis au bord d'avaler ma langue quand elle plonge ses doigts sous la ceinture élastique de son pantalon de yoga.

Voilà où j'en suis : debout, complètement nu, je me masturbe devant cette bombe sexuelle qui se caresse en me regardant.

Cette femme me met sens dessus dessous.

Une chose est sûre : je n'ai jamais connu de meilleur vendredi soir et je sais en cet instant que je n'aimerais être nulle part ailleurs.

CHAPITRE 17
BIANCA

VINNIE POSE deux doigts sous mon menton pour relever mon visage vers lui.

— Ça ne va pas, dit-il doucement sans cesser de se caresser d'une main. J'ai envie d'être en toi.

Il baisse les yeux vers ma main qui est toujours dans mon pantalon et qui frotte mon clitoris. Je suis tellement proche de l'orgasme… si proche que mes orteils s'incurvent et je n'ai aucune envie d'arrêter.

— Je veux embrasser tes lèvres merveilleuses et t'entendre gémir mon nom quand je m'enfoncerai si profondément en toi que tu sentiras ma queue encore longtemps après que je l'ai ressortie.

Il dit des choses tellement crues et délicieuses, je croirais entendre les types de mes bouquins. Et tout comme eux, son corps est pure perfection. Je pourrais passer toute la nuit à le regarder se caresser sans jamais me lasser.

Il y a quelque chose de tellement sexy à voir un homme se masturber. Ça a toujours fait partie de mes obsessions secrètes, comme pourrait en attester l'historique de mon navigateur internet.

J'ai envie de lui. Quelle femme saine d'esprit ne voudrait pas de lui ? Mais on a déjà brûlé les étapes si vite que je ne suis pas prête à franchir la prochaine. Je connais les types comme Vinnie, le genre de playboy célèbre qui passe de fille en fille comme si c'était un sport olympique. Bien sûr, il a envie de moi maintenant, mais je ne suis qu'une proie parmi d'autres.

Au moment où je céderai et m'abandonnerai à lui, il aura obtenu ce qu'il voulait et passera à une nouvelle conquête.

Je détourne mon visage de ses doigts et me rapproche de son sexe qu'il continue à caresser de son autre main. Il a beau dire tout ce qu'il faut, je sais que coucher avec lui maintenant me tordrait la tête. J'aligne ma bouche à sa queue et lève les yeux vers son visage avec un petit sourire. Je sors ma langue et la passe sur la chair douce de son gland.

Il bascule en arrière en aspirant une bouffée d'air.

— Tu triches.

Je passe mes bras autour de lui et saisis ses fesses qui sont fermes et carrément spectaculaires.

— Je veux te goûter, dis-je avec un sourire en coin, sûre de pouvoir le manipuler.

Il ne se défend pas. Quel homme le ferait ? Je l'attire vers moi en ouvrant la bouche et referme mes lèvres autour de son gland. Il gémit en lâchant sa queue et en poussant son bassin en avant, me donnant exactement ce que je veux.

Son corps tremble de plaisir quand je fais glisser son sexe doux et dur contre ma langue pour le prendre plus profondément, jusqu'au point où je frôle le haut-le-cœur. Même si j'ai envie d'avoir un orgasme autant que j'ai besoin d'air dans mes poumons, je dois contrôler mes mouvements pour le faire jouir au point qu'il en perde la tête.

— Oh oui, comme ça... dit-il quand j'enroule ma main autour de sa queue glissante.

Il accroche ses doigts dans mes cheveux et resserre son emprise quand je le saisis brutalement et le suce comme une pro.

J'ai un sentiment de puissance quand je taille une pipe, quand je tiens un homme dans mes mains et lui fais l'amour avec ma bouche jusqu'à ce qu'il vrille et jouisse si vite que ses genoux cèdent presque.

Je le branle en tordant ma main dans un accord parfait avec mes lèvres. Je mets le paquet et lui donne tout ce que je peux jusqu'à ce que mes yeux se mouillent et que ma mâchoire me fasse mal. Je lève les yeux vers lui. Il se raidit et ferme les paupières, les lèvres entrouvertes, plus sexy que jamais. Quand son corps se met à trembler de façon convulsive, je sais que je le tiens.

J'accentue les mouvements de ma main en passant ma langue sur son gland et sur l'endroit sensible situé en dessous. La dernière chose dont j'ai envie, c'est qu'il éjacule au fond de ma gorge en me donnant des haut-le-cœur parce que, regardons les choses en face... le sperme n'est pas cette force vitale si savoureuse que je décris dans mes livres.

Ça n'a pas l'air de déranger Vinnie, qui bascule ses hanches d'avant en arrière en baisant ma main mouillée et mes lèvres douces. Il crie mon nom au moment où je détache ma bouche de lui pour regarder son corps être secoué par les vagues de l'orgasme. Je ralentis mes mouvements et accompagne chacun de ses soubresauts, avant de le relâcher.

Il ouvre les yeux et les baisse vers moi. Il voit son sperme couler de ma main et non soigneusement englouti par ma bouche, comme le font les stars du porno qui gagnent leur vie en avalant des queues.

— C'était…

Il ne finit pas sa phrase. Je n'ai pas besoin de l'entendre pour savoir le plaisir que je lui ai donné. La façon qu'il a eu de bouger et de suffoquer me décrit aussi bien l'ouragan que l'orgasme lui a provoqué.

Quelqu'un frappe à la porte et je saute sur mes pieds comme le gamin dans *Karaté Kid*. Je jette un regard à Vinnie qui est tout nu et dont le sexe a toujours l'air prêt pour l'action, ce qui devrait être impossible.

— Remets ton pantalon, dis-je en attrapant une serviette en papier sur la table basse pour essuyer mes mains.

On frappe une deuxième fois.

— Bianca, allez, ouvre ! Je sais que tu es chez toi, dit Luis qui, comme toujours, tombe comme un cheveu sur la soupe.

Je n'ai pas besoin de me voir dans un miroir pour savoir que j'ai l'air d'une biche prise dans les phares d'une voiture. Je siffle un *merde* entre mes dents et pousse Vinnie vers la chambre dès qu'il a ramassé son pantalon.

— Il ne faut pas qu'il te trouve là.

Il me regarde par-dessus son épaule en riant de me voir complètement paniquée, comme si j'étais devenue folle, et me demande :

— Pourquoi ?

— Il te tuerait.

Je le pousse plus fort dans le dos, mais autant vouloir bouger un mur de briques.

— Tu surréagis, ma belle.

— Bianca ! appelle Luis plus fort. Je vois les lumières allumées chez toi.

Le léger passage d'air sous la porte me coûtera la vie – ou celle de Vinnie, s'il le trouve ici. Je crie :

— Je viens !

— Oui, oui, c'est fait, plaisante Vinnie.

Je lui assène une gifle sur les fesses tandis qu'il pose enfin un pied dans ma chambre.

— Ne sors pas d'ici. Compris ?

— Et je fais quoi ? demande-t-il en parcourant du regard ma chambre de fillette comme si elle était couverte de vomi de licorne.

— Reste tranquille. Allonge-toi. Fais une sieste, je m'en fiche, mais ne sors pas, c'est tout.

Vinnie se marre en s'asseyant sur le bord de mon lit, toujours nu, son pantalon à la main.

— Je suis sûr que je vais trouver de quoi m'occuper, ici.

Je n'ai pas le temps de penser à tous les accessoires sexy dans mes tiroirs ni au fait qu'un footballeur pro taillé comme un Dieu attend tout nu dans ma chambre. Je ferme la porte et me précipite vers le salon.

Je me cogne l'orteil contre la table basse et crie de douleur en attrapant mon pied. Je sautille sur une jambe vers la porte d'entrée.

— Ça a intérêt à être important, dis-je en ouvrant la porte pour découvrir Luis avec une femme que je n'ai jamais vue.

— Salut, ma sœur, dit Luis en souriant. Je te présente Karen.

Karen ressemble à toutes les autres pouffes que mon frère a toujours ramenées. Cheveux crêpés, seins qui débordent, rouge à lèvres carmin, que des emmerdes. C'est le genre qui plaît à Luis. Ça ne le dérange pas du tout de fréquenter des prostituées mais, que Dieu me pardonne, j'ai juste envie d'être avec un homme et mon frère surréagit complètement.

— Salut, Karen, dis-je en affichant un sourire hypocrite.

Je ne sais pas ce qui me retient de coller une droite à mon frère.

Karen glousse et fait une bulle avec son chewing-gum.

— Salut. Je suis une grande fan.

L'envie de lever les yeux au ciel est presque irrésistible, mais j'arrive à me maîtriser.

— Oh. Merci beaucoup. C'est très gentil.

Je me sens reconnaissante envers chacun de mes lecteurs et de mes fans, mais en cet instant, je n'ai absolument pas envie de bavarder au sujet de mes livres avec la dernière trouvaille nocturne de mon frère pendant que le sperme de Vinnie sèche entre mes doigts.

Luis passe à côté de moi en tenant Karen à son bras et entre dans mon appartement sans que je l'invite à le faire.

— Tu n'es pas seule ? demande-t-il, se tournant pour me faire face.

Je secoue la tête.

— J'avais juste très faim. C'est ma soirée détente Netflix.

Luis fronce les sourcils.

— Ta quoi ?

— Je commande à manger et m'empiffre devant la télévision.

— Bianca, tu es trop jeune pour rester assise chez toi à regarder la télé le vendredi soir. Il faut que tu vives, un petit peu.

Je croise les bras sur ma poitrine et penche la tête.

— Je vis. Et j'aime ma vie. Es-tu venu ici pour cracher dessus ou pour une autre raison ?

— Je voulais t'inviter à sortir avec nous. On va passer la soirée au nouveau club, en bas de la rue. Je me suis dit qu'on allait s'arrêter pour te proposer de venir avec nous.

— Mon chou, dit Karen en passant un bras autour de sa taille. Il faut que j'aille au petit coin.

Luis fait un signe de la tête.

— Au fond du couloir, lui dit-il avant de lui pincer les fesses, ce qui la fait glousser. Vas-y, poupée.

Karen se dirige vers la salle de bain et je lance à mon frère un regard noir.

— Je n'en reviens pas que tu débarques comme ça, avec une meuf.

— Ce n'est pas *une meuf*. C'est Karen, précise Luis en passant ses doigts dans ses cheveux bruns. Elle est super, non ?

— Oh, si, elle est parfaite, dis-je sur un ton sarcastique.

Karen pousse un hurlement et Luis se retourne. Je suis le cri du regard et découvre Karen dans l'encadrement de la porte de ma chambre, avec les yeux qui lui sortent presque de la tête comme dans les vieux cartoons.

— Qui es-tu ? demande-t-elle.

— Hey, répond Vinnie, et je sais que tout va dégénérer.

Je jette un œil à mon frère. Il me fixe si durement que je suis étonnée de ne pas voir de baïonnette sortir de ses orbites.

— De la compagnie ?

— Juste un ami.

— C'est le gars que tu as amené à la fête ?

La veine qui traverse son front est gonflée de colère et semble prête à éclater à tout moment.

— Le gars ? dis-je en riant. Ce ne sont pas tes oignons.

Je regarde par-dessus l'épaule de mon frère. Karen n'a pas bougé. Elle fixe, médusée, Vinnie, qui je l'espère n'est qu'à moitié nu. Je lui lance :

— C'est la porte d'à côté, Karen.

Mon frère tente de se diriger vers ma chambre, mais je lui coupe le passage.

— Tu ferais mieux de bouger de là, me dit-il comme si, tout à coup, il était devenu mon défenseur ou mon père.

— Tu es chez moi, Luis.

Je tends les bras pour ne lui laisser aucun moyen de me dépasser. On reste tous les deux figés à l'entrée du couloir.

— Tu as intérêt à ramener ton cul par ici, espèce de minable ! crie Luis, écumant de rage.

Je crie par-dessus mon épaule :

— Tu restes là-bas !

Il ne manquerait plus que mon frère et Vinnie se battent !

— Emmène ta *Karen* et sors d'ici.

Les yeux sombres de Luis se rétrécissent.

— Ce n'est pas quelqu'un pour toi. Il se sert de toi, Bianca.

Je pars d'un rire amer.

— Peut-être que c'est moi qui me sers de lui, frérot. Tu n'as jamais pensé à ça ?

Luis se redresse, mais son regard est toujours froid comme la glace.

— Tu accordes ta confiance à n'importe qui.

— Je n'ai confiance en personne, au contraire.

Le réalisme de mes paroles me frappe de plein fouet. Je n'ai plus confiance en personne. Plus après avoir été traitée comme les hommes m'ont traitée.

Karen sort de la salle de bain en sautillant, comme inconsciente de la pagaille qu'elle a déclenchée.

— Enchantée, lance-t-elle à Vinnie en passant devant ma chambre.

— Pareil, répond Vinnie et un couteau m'entaille le cœur.

On se toise comme des cowboys, Luis et moi, quand Karen passe un bras autour de sa taille.

— Je suis prête, papa !

Ce surnom me donne la gerbe. C'est tellement glauque d'appeler son mec « papa ». Dans un jeu de rôles ou en BDSM, c'est tolérable, mais dans la vraie vie et devant sa famille, c'est totalement écœurant. J'interviens :

— Oui, papa, tu ferais mieux d'y aller.

Luis enroule son bras autour des épaules de Karen sans la regarder pour autant. Il est bien trop occupé à me fusiller du regard. Il articule :

— Lui et moi allons avoir une explication.

— Tu veux l'avoir maintenant ? demande Vinnie dans mon dos.

Le regard furieux de mon frère glisse en direction de ma chambre. Il faut que je gère cette situation, que je montre qui est le boss.

— Va-t'en.

Je pointe mon doigt vers la sortie, empêchant toujours mon frère de passer dans le couloir et d'essayer de régler son compte à Vinnie. Puis, je me tourne vers Vinnie.

— Retourne dans ma chambre et tais-toi.

Ses sourcils se soulèvent et un grand sourire étire ses lèvres.

— Oui, m'dame. J'aime bien quand tu es autoritaire.

Je lève les yeux au plafond et marmonne un chapelet de gros mots.

— Pars, Luis, et emmène Karen avec toi.

— On aura quand même une explication.

— Pas ce soir, Big Brother.

— Laisse ta sœur tranquille, papa. Elle vit sa vie. Elle est jeune. Laisse-la s'amuser. Tu préférerais qu'elle soit toute seule ici ce soir ?

Le regard sévère de Luis s'adoucit, mais mon frère ne se détend pas pour autant.

— Non, soupire-t-il. Mais ça ne me plaît quand même pas.

— C'est normal, c'est ta sœur, mais bon sang, laisse-la respirer ! Elle a une bombe sexuelle dans sa chambre… Ça annonce un bon vendredi soir. Tu as envie de t'amuser avec moi, papa, ou de rester ici à te disputer ?

J'ai envie de vomir. Il y a quelque chose chez Karen et Luis qui déclenche mon réflexe de haut-le-cœur plus sûrement qu'une queue au fond de la gorge. Je pose une main sur ma bouche et ravale ma salive, parvenant par miracle à garder la bouffe chinoise dans mon ventre.

— Tu as raison, beauté. Foutons le camp. Ma sœur et moi parlerons un autre jour.

— Oh, super ! J'ai hâte, dis-je, la paume de ma main toujours sur la bouche.

Luis me fixe encore quelques secondes.

— Ne fais pas la maligne, Bianca.

— Compte sur moi, papa, dis-je en acquiesçant.

Il grommelle, mais finit par bouger parce que Karen le tire vers la porte.

— Ne t'en fais pas. On s'amusera plus sans elle. Souviens-toi quand je… dit-elle avant de se pencher pour lui chuchoter quelque chose à l'oreille.

Quoi qu'elle lui ait dit, ça fait sortir mon frère de chez moi sans qu'il ajoute un seul mot. Après que la porte a claqué, Vinnie ne se montre pas et pas un seul bruit ne provient de ma chambre.

— Vinnie, tu peux sortir.

— Viens là, m'appelle-t-il. Je veux te montrer quelque chose.

Tu parles qu'il veut… Et je parie que ça fait vingt-trois centimètres et que c'est dur comme du roc.

Quand je passe l'encadrement de la porte, je découvre Vinnie, toujours nu, tenant la paire de pinces à tétons qui était dans ma table de nuit.

— Qu'est-ce que c'est ?

— Des pinces à tétons, dis-je en haussant les épaules.

— Ça, je le sais. Mais, je veux dire, tu les utilises ?

Il observe le métal brillant entre ses doigts et sa queue s'agite à l'idée de les voir enserrer mes tétons.

— Oui.

— Seule ?

— Oui.

Je n'ai pas honte. J'utilise tous les sex toys dont je parle dans mes livres. Comment pourrais-je décrire la sensation que procure quelque chose que je n'aurais pas préalablement testé ?

— Tu les as déjà utilisés avec quelqu'un ?

Je secoue la tête.

Il me fait signe de venir vers lui, mais je ne bouge pas.

— Viens là, ma belle. Laisse-moi te faire perdre la tête.

— On ne baise pas, lui dis-je.

Je ne suis pas prête à franchir ce cap avec lui. Pas encore.

Un faible sourire danse sur ses lèvres.

— Qui a parlé de ça ? demande-t-il en laissant pendouiller les pinces à tétons au bout de ses doigts. J'ai un orgasme ou deux à te rembourser et un tiroir plein d'accessoires pour y arriver.

Merde. Ce type causera ma perte.

CHAPITRE 18
VINNIE

— COMMENT TU AS SU que Tilly était la bonne ?

Angelo m'observe en se penchant au-dessus du bar, un cure-dents entre les lèvres.

— Cette fille remet en cause tes habitudes ?

Ces derniers jours, je n'ai pas pu me sortir Bianca de la tête. Ça ne m'était jamais arrivé, surtout concernant une fille avec qui je n'ai même pas couché.

— Je n'ai pas d'habitudes.

Angelo me dévisage en haussant un sourcil.

— D'accord, d'accord, dis-je en levant les mains en l'air, parce que mon frère sait tout ce qu'il y a à savoir de moi. Cette fille me plaît.

Un léger sourire passe sur les lèvres d'Angelo.

— À quand remonte ta dernière relation avec une fille ?

J'ouvre la bouche pour lancer une date mais la referme vite. J'étais prêt à balancer une réponse du tac au tac, mais je me surprends à devoir réfléchir.

— Ça fait un bout de temps... dis-je en me frottant la nuque, les yeux baissés sur le comptoir. Putain, ça fait quelques mois ! J'ai été tellement occupé avec l'entraînement, je n'ai même pas eu le temps de baiser.

— Et maintenant, tu as le temps ?

Je secoue la tête.

— Pas vraiment, mais je prends du temps pour Bianca.

Il retire le cure-dents de ses lèvres et sourit d'un air satisfait.

— Je pense que tu as répondu à ta propre question.

Je le dévisage un moment la bouche ouverte, assimilant ses paroles avant de répondre :

— Le fait que je passe chez elle de temps en temps ne signifie pas que je suis prêt à passer le reste de ma vie avec elle.

Il secoue la tête lentement et soupire.

— As-tu déjà *pris* du temps pour une autre femme ?

La réalité de ces mots met les choses en perspective. Je *prends* du temps pour Bianca. Je me plie en quatre pour la voir les week-ends, même si le fait que je ne lui laisse pas le choix ne l'enchante pas.

— Eh bien…

Je me tais un instant pour digérer la possibilité que mon frère ait raison. Avant, je vivais plutôt au jour le jour, sans voir plus loin que l'instant présent.

— Non.

Il s'accoude au comptoir et se penche en avant.

— Tu aimerais qu'elle sorte avec d'autres hommes ?

— Non, putain ! dis-je en le regardant comme s'il était fou et qu'il devrait mieux me connaître.

— Tu vois, conclut-il avec un sourire.

Je ne l'avais pas vu venir. Pas une seule fois je ne m'étais soucié de ce que faisaient ensuite les filles avec qui j'avais couché. Bon sang, elles auraient pu passer de mon lit à celui d'un autre sans que ça ne me fasse ni chaud ni froid. Mais la seule idée qu'un autre homme puisse toucher Bianca me fait monter le sang à la tête.

— Je lui péterais les jambes.

— As-tu verrouillé le périmètre ?

Je le dévisage et il en fait de même. Il fait un signe entre nous.

— Je me souviens de toi quand tu mettais ton nez dans mon histoire avec Tilly pour me répéter de verrouiller le périmètre, tout comme tu l'avais fait avant quand Lucio sortait avec Delilah.

— Oui, eh bien... Vous êtes différents, dis-je en grommelant.

Angelo a toujours été du genre à s'investir dans ses relations. Il s'était mis en couple avec Marissa tellement tôt que je n'ai pas un seul souvenir d'enfance sans elle. Et même s'il a mis du temps à se remettre de sa mort, il s'est ensuite investi à fond dans sa nouvelle relation.

Lucio était différent. Il était à mi-chemin entre Angelo et moi. Il avait l'essence d'un playboy mais bien plus de sentiments pour les femmes avec qui il couchait que je n'en avais. Son coup de foudre pour Delilah et Lulu n'était pas surprenant, surtout avec son syndrome du sauveur.

— Grandis, putain, dit Angelo en me pointant du doigt. Verrouille le périmètre ou passe ton chemin. Assieds-toi ou laisse ta place, mon frère. Arrête de la mener en bateau.

Je sursaute en arrière sur mon tabouret.

— C'est tout le contraire ! Bianca n'arrête pas de me repousser, dis-je en haussant les épaules parce que je n'arrive pas à comprendre cette fille. Un instant, on se chauffe et on se guide jusqu'à l'extase et l'instant d'après, elle me fout à la porte.

— Ahh ! dit-il en riant. Tu goûtes à ta propre cuisine !

Je lui fais un doigt d'honneur, ce qui le fait rire de plus belle.

— Tu sais ce qu'on dit ?

— Non, dis-je en croisant les bras, tout à coup sur la défensive, et précise en pinçant les lèvres : et je ne crois pas les conneries qu'on raconte.

— Les jeunes filles se jettent en général à tes pieds.

— Les femmes plus mûres aussi, dis-je avec un clin d'œil.

Angelo lève les yeux au ciel.

— La première fille à te tourner le dos te fait perdre la tête.

— Elle ne me tourne pas le dos.

Il incline la tête.

— Ah bon ?

— Pas vraiment.

— Tu as couché avec elle ?

Je fixe le bout de mes doigts en tapotant le comptoir pour éviter le regard d'Angelo.

— C'est un peu personnel, tu vois…

Son rire retentit à travers la salle vide.

— C'est trop mignon, venant de toi.

Je lâche d'un coup :

— Très bien, on n'a pas couché ensemble ! Tu es content ?

— Le fait que tu la fréquentes aussi longtemps sans coucher avec elle montre que tu grandis et veux peut-être plus de cette relation qu'une simple histoire de cul qui dure deux minutes.

— Ang… dis-je en me redressant pour le regarder droit dans les yeux. Je n'ai jamais baisé une fille en deux minutes.

Il grogne en me jetant au visage un torchon qui traînait sur le comptoir.

— Tu continues à te comporter comme un abruti. Ça, au moins, ça n'a pas changé.

Je chiffonne dans mes mains le tissu humide.

— Bon, sérieusement… Je ne peux pas faire n'importe quoi. On est voisins et si je fous tout en l'air, je devrai toujours la croiser tous les jours.

— Donc, tu n'as pas couché avec elle parce que tu es une mauviette ?

Je pousse un râle.

— Bien sûr, enfoiré… Bianca est différente.

Il se redresse et s'adosse au mur derrière lui.

— Tu es une mauviette, dit-il en croisant les bras et en affichant un sourire satisfait. Cette fille s'y connaît en romance. Elle ne veut pas de Vinnie Gallo le playboy. Elle veut s'assurer qu'elle ne finira pas dans un journal à scandale comme la dernière fille mise en touche par le joueur le plus sexy de Chicago, et je ne parle pas de football.

— Alors quoi, il faut lui sortir le grand jeu ?

J'ai mal à la tête à force de réfléchir. Je n'ai jamais eu à faire plus d'un sourire ou d'un clin d'œil à une fille pour qu'elle se déshabille et s'agenouille pour me sucer.

— Un jeu sincère. Il n'a pas besoin d'être extraordinaire, mais il doit avoir du sens, dit Angelo avant de jeter un coup d'œil vers la porte. Va ouvrir à Carlos. Il commence à s'impatienter, dehors, et fait peut-être peur aux passants.

— Il faut que je m'arrache. Je dois aller à l'entraînement. Si j'arrive en retard, le coach va me casser les couilles, dis-je en me dirigeant vers la porte où Carlos écrase pratiquement son visage contre la vitre.

— Il devra attendre que Bianca ait fini de le faire.

En l'entendant rire de ma situation délicate qu'il trouve hilarante et me balancer un flot de remarques agaçantes, je m'éloigne en lui faisant un doigt.

— Hey, gamin, dit Carlos en souriant quand je lui ouvre la porte. Tu as une sale tête.

— Je vais très bien. L'entraînement sportif est dur, c'est tout.

En réalité, je suis dévasté. J'ai l'habitude de me démener sur le terrain, mais me démener avec Bianca est la chose la plus difficile qu'il m'ait été donné de faire ces dernières années. On dit que les meilleures choses dans la vie ne s'obtiennent pas facilement, mais elles ne devraient quand même pas être aussi compliquées à gagner.

— Va et rends-nous fiers, dit-il en passant près de moi comme une vieille chose qui a besoin de sa bière matinale pour être d'aplomb.

Je passe la demi-heure qui me sépare du terrain d'entraînement à réfléchir aux différentes façons de sortir le grand jeu que je pourrais utiliser pour gagner les faveurs de Bianca. La plupart d'entre elles tournent autour de l'argent, mais je ne suis pas sûr que quelque chose de tape-à-l'œil ou d'excessif comme un week-end à Vegas serait adapté à une auteure approchant une date butoir.

Sa carrière est tout aussi importante que la mienne. Ma vie se construit un match après l'autre et la sienne un livre après l'autre. On vit pour le prochain. Je ne veux surtout pas qu'elle soit distraite et ne puisse pas finir son livre dans les temps. Ça réduirait à néant toutes mes chances de la faire mienne, encore plus sûrement qu'en la traitant comme un plan cul.

Je ne regarde même pas où je mets les pieds tout en traversant le couloir qui mène aux vestiaires.

— Salut, beau gosse, dit une voix qui me hérissent les poils et me ramène dans le présent. Je t'attendais.

Je fais un pas de côté quand Tracie essaie de me toucher.

— Tu n'as pas le droit d'être ici.

Elle fait la moue, ce qui n'a aucun effet sur moi.

— Ne sois pas comme ça. Tu sais qu'on est faits l'un pour l'autre.

— J'ai une petite amie, dis-je en enfonçant mes mains dans mes poches tout en m'éloignant d'elle.

— Ça arrive à tout le monde de faire des erreurs, dit-elle en haussant les épaules.

Ses mots me font l'effet d'une gifle et je vois rouge. J'avance vers elle en la regardant bien en face, mais je fais attention à ne pas la toucher.

— Mettons quelque chose au clair… une fois de plus. Je ne suis pas à toi. Tu n'es pas à moi. On n'est pas en couple. Bianca est ma petite amie, pauvre folle.

Elle vrille et se met à me rire au nez.

— Tu es mignon, à défendre ton joujou comme ça. Amuse-toi pour l'instant, Vinnie. Fais les quatre cents coups. Ça m'est égal. Je sais avec qui tu finiras, au bout du compte.

Je plisse les yeux en essayant de me calmer, parce que mon corps tremble de colère.

— On n'est rien l'un pour l'autre.

— Gallo ! appelle le coach depuis son bureau au bout du couloir pour me retenir de dire ou faire quelque chose de regrettable.

— C'est la dernière fois que je te préviens de me laisser tranquille.

Je ne lui laisse pas la moindre chance de répondre quoi que ce soit. Je me dirige vers le bureau de l'entraîneur à petites foulées, essayant d'évacuer les tensions de mon corps dues aux conneries de Tracy.

— Qu'est-ce qu'il y a, coach ? dis-je quand je suis face à lui.

Il se tient dans l'encadrement de la porte, les bras croisés, nous regardant l'un et l'autre.

— Entre, me dit-il. Il faut qu'on parle.

Je piétine le minuscule espace vide recouvert de linoléum devant son bureau en attendant qu'il parle. Il fait lentement le tour de son bureau avant de s'effondrer sur sa chaise.

— Arrête de bouger, tu me rends nerveux, bordel !

Je cesse immédiatement et lui fais face.

— Qu'est-ce qui a été fait, par rapport à elle ?

Il laisse échapper un lourd soupir avant de remettre en place des papiers éparpillés dans le foutoir de son bureau.

— Elle revoit son psychiatre et reprend des médicaments, mais son grand-père ne peut pas lui interdire l'entrée de l'établissement, même si elle n'est plus autorisée à se rendre dans les vestiaires.

— C'est tout ?

Je lève les yeux au plafond et jure dans ma barbe.

— Si elle devient plus agressive, ses parents la placeront dans un établissement médical, mais pour l'instant, on ne peut pas faire mieux.

— Et donc, tout le baratin sur le fait que je représente l'avenir de l'équipe… ?

Je serre les poings et ravale ma colère. Je ne voudrais surtout pas donner à quiconque une raison de m'écarter de l'équipe alors que la saison n'a même pas commencé.

— C'est toujours vrai. Écoute, tu as quelques options…

Je croise les bras sur ma poitrine et relève le menton. Je

suis prêt à parier que ses options sont bidons, mais je n'en dis rien.

— Soit tu tiens bon et attends qu'elle jette son dévolu sur quelqu'un d'autre.

— Option d'être une victime, dis-je en marmonnant, parce qu'être l'objet d'une passion passagère peut être plaisant, mais pas quand ça implique Tracie. Coach, ça fait presque un an qu'elle en a après moi. Je ne crois pas qu'elle soit prête à lâcher prise.

— Ou bien, poursuit-il sans tenir compte de ce que je viens de dire, tu peux faire une demande pour une injonction de restriction, mais la probabilité qu'elle soit mise en place et respectée est très faible. En plus, ça finirait entre les mains de la presse. L'histoire ne tournera plus autour de ce gamin superstar qui va emmener l'équipe de sa ville natale en championnat, mais autour de ta relation avec la petite-fille du président.

— Cette relation n'existe pas, dis-je pour le corriger.

— Ou alors on ne bouge pas et on attend qu'elle dépasse vraiment les bornes.

— C'est tout ce que vous me proposez ?

Je secoue la tête en grognant.

— C'est tout, mon p'tit.

Sans ajouter un mot, je sors en trombe de ce bureau, trouve le couloir vide et me dirige vers les vestiaires. En seulement quelques mois, ma vie est passée de simple à complètement dingue sans étape intermédiaire.

CHAPITRE 19
BIANCA

— BON, passons aux choses sérieuses, me dit mon éditrice en poussant de côté son assiette vide. Il faut qu'on parle de ton projet en cours.

Les traits de son visage sont tendus et son sourire n'est absolument pas sincère.

— D'accord, dis-je d'une voix traînante.

Si Susan a tout plaqué pour prendre un avion et venir me voir à Chicago, les nouvelles ne doivent pas être bonnes.

Je suis avec Susan Williams, qui compte parmi les plus gros éditeurs de romance au monde, depuis presque quatre ans. Elle m'a donné ma chance quand personne ne voulait le faire. Les autres avaient décrété que j'étais trop jeune ou trop peu expérimentée pour faire une carrière couronnée de succès, mais pas Susan.

La plupart du temps, je suis ravie de l'avoir dans ma vie.

Et puis, il y a des moments comme celui-là où elle s'apprête à me faire la leçon à propos du marché de l'édition et où j'aimerais me boucher les oreilles et quitter la pièce en courant avant de me sentir rabaissée au statut d'insecte minuscule.

Susan se penche et fouille dans son sac à main démesuré avant d'en retirer une énorme liasse de papiers.

— J'ai eu une interminable conversation avec ton agent après la réception de la première moitié de ton roman.

Je retire mes mains de la table pour les fermer en poings serrés sur mes genoux. Je me prépare à une raclée mentale et verbale sans autre issue que de l'encaisser en restant assise ici.

— D'accord, dis-je à nouveau, alors que mon repas se transforme en beurre dans mon estomac.

Elle retire la pince géante qui tient les pages ensemble et met de côté celle de la couverture pour s'arrêter sur celle où commence le premier chapitre de mon livre à paraître. Je ne vois que du rouge partout, laissé par le stylo critique de mon éditrice.

— Je vais être franche, sans tourner autour du pot.

Je ne sais pas si c'est censé me réconforter, mais ça me fait l'effet contraire. Mon cœur s'emballe et mes mains transpirent. J'enfonce mes ongles dans la chair de mes paumes.

— Le début de l'histoire ne correspond pas aux attentes de tes lecteurs. Ça commence super lentement et ne retient pas l'attention. La totalité des premiers chapitres a besoin d'être retravaillée.

— Je pensais que c'était mignon, dis-je avec un sourire peiné.

Elle remue la main au-dessus de la pile de papiers en secouant la tête.

— Mon ange, tes lecteurs ne veulent pas que ce soit mignon. Ils veulent que ça soit chaud, et tout de suite.

— L'histoire est chaude, dis-je pour me défendre en me redressant un peu.

J'ai mis le paquet, dans ce livre. Il y a tout ce qu'aiment mes lecteurs. Le héros est un homme dominant dont les paroles feraient fondre n'importe quelle femme.

— Le début doit être plus pêchu, et une scène de sexe ou deux seraient bienvenues, aussi. Que se passe-t-il dans ta vie ? Parfois, c'est notre réalité qui pose des problèmes à notre imagination.

— Rien de nouveau, dis-je, même si c'est un mensonge.

Elle hausse un sourcil excessivement épilé.

— Toujours dans ta période d'abstinence ?

J'acquiesce lentement.

— En quelque sorte.

— Ah ? fait-elle en levant cette fois ses deux sourcils. Et qu'est-ce que « en quelque sorte » veut dire, exactement ?

— Il y a quelques semaines, j'ai commencé à fréquenter quelqu'un.

— Ceci explique cela, dit-elle en parcourant de la main le dessus de la pile. Les chapitres que tu m'as envoyés récemment sont plus intenses, plus torrides. On peut vraiment voir quand tu te passais d'homme, ça ressort dans ton travail.

— Je ne suis pas d'accord.

— Relis les premiers chapitres. Tu verras qu'il y a une énorme différence – et pas dans le bon sens.

Susan essaie d'être gentille, je sais qu'au fond elle l'est, mais ses paroles me blessent quand même. Comme toujours. Finalement, même si je ne l'admettrai jamais devant elle, elle a presque toujours raison. Elle n'est pas du genre à noyer le poisson pour me dire que tout est formidable. Et grâce à son incapacité à mentir, mes livres sont toujours meilleurs après ses remarques.

— Tout ce qu'il se passe dans ta vie personnelle a des effets majeurs sur ton écriture. Je sais que tu avais renoncé aux hommes pour un temps, mon chou, mais quand tu écris des romances épicées… les hommes font partie du business. Tu ne peux pas avoir une vie amoureuse aigrie et réussir à faire vibrer d'émotions tes lecteurs.

— Très bien, dis-je d'une voix sèche. Je retravaillerai le début, mais j'aurai besoin de quelques semaines de plus.

— On peut te donner deux semaines supplémentaires pour me rendre le livre bouclé.

Je me renverse en arrière.

— Deux semaines ? Écrire les premiers chapitres m'a pris un mois !

— Tu as intérêt à trouver de l'inspiration dans les bras de ton homme et te mettre au travail.

Quand je hèle un taxi et monte à l'arrière, je suis au bord des larmes. Je parcours le manuscrit sans faire attention à la circulation ni aux bavardages du chauffeur et regarde les commentaires laissés par mon agent et mon éditrice.

Chacun de mes livres est une partie de mon âme et leurs balafres rouges étalant leurs critiques sur mes pages me blessent profondément. Personne n'a envie d'entendre que ce qu'il a créé est épouvantable. Rien de tel pour tuer l'enthousiasme d'un écrivain que de lui dire qu'il y a quelque chose dans son travail qui tombe à plat.

Quand j'entre dans le hall de l'immeuble, je serre mon manuscrit contre ma poitrine, des larmes plein le visage, et j'ai l'esprit tellement occupé que je ne remarque même pas Vinnie près de l'ascenseur.

— Qu'est-ce qui ne va pas ? demande-t-il.

Mon regard glisse depuis le sol jusqu'à ses yeux verts.

— Juste une dure journée.

Je ne sais pas pourquoi je ne dis pas la vérité. Je ne veux pas être une pleurnicharde, le genre de fille qui a des problèmes tout le temps. Parfois, il est plus simple de dire que tout va bien.

Vinnie se rapproche de moi, soutient mon bras et pose une main sur mon visage. Du pouce, il caresse ma joue en effaçant une larme.

— Ça a l'air d'être plus grave qu'une dure journée, Bianca. Raconte-moi ce qu'il s'est passé.

— Mon livre est merdique.

Ces mots déclenchent une avalanche de larmes. Sa façon de me regarder y est aussi pour quelque chose. Je sanglote en racontant sans articuler combien je suis peinée par les commentaires de mon éditrice, mais je suis sûre qu'il ne peut pas comprendre.

— Tes livres sont géniaux, ma belle.

Il m'adresse un sourire triste en essayant d'essuyer mes larmes à mesure qu'elles tombent.

— Celui-là ne l'est pas, dis-je dans un sanglot.

Il me serre contre lui et me frotte le dos en murmurant des paroles réconfortantes. Être contre Vinnie et sentir son odeur me fait oublier tout ce que Susan a dit.

— Je pense qu'on devrait quitter la ville quelques jours, dit-il.

Je lève les yeux vers lui et me détache de ses bras.

— Je ne peux pas. Je dois réécrire ce livre en grande partie.

Je lève vers lui le manuscrit auquel j'étais cramponnée et lui montre toutes les taches d'encre rouge partout.

— Emporte ton travail. Tu trouveras peut-être de l'inspiration.

— Ça ne marche pas comme ça. Je n'écris qu'à mon bureau.

— Et ça a marché ? demande-t-il en haussant un sourcil.

Je grommelle dans ma barbe parce qu'à entendre Susan et mon éditrice, ma méthode est nulle.

— De toute façon, tu écris sur un ordinateur portable. Ton bureau peut être partout où tu le décides.

— Et que feras-tu ? Tu resteras assis à me regarder travailler ?

Il secoue la tête.

— Je peux m'occuper tout seul. En plus, j'ai un programme très strict de séances d'entraînement. Je veux juste avoir quelques heures par jour tout seul avec toi. Le reste du temps, tu pourras travailler.

— Je ne sais pas. On se connaît à peine, Vinnie.

— Tu me fais confiance ?

— Oui.

Il baisse les yeux sur mon manuscrit au moment où les portes de l'ascenseur s'ouvrent.

— Où se passe l'histoire ?

— À Tahiti, dis-je en entrant dans l'espace réduit à côté de Vinnie.

— Je n'ai que quatre jours de relâche, alors c'est trop loin, mais je trouverai quelque chose. Laisse-moi faire. Prépare seulement un sac et sois prête à partir demain matin.

— Vinnie, je ne pense pas qu'on devrait…

Il pose un doigt sur mes lèvres pour me faire taire.

— On ne discute pas, Bianca. Une petite escapade pour nous changer les idées ne nous ferait pas de mal à tous les deux.

Il a raison. Je n'ai pas du tout envie de me retrouver assise dans mon appartement à regarder par la fenêtre alors que le curseur clignote sur l'écran pour me narguer.

— D'accord.

Il se penche vers moi et prend mon visage dans ses mains de géant.

— Merci, murmure-t-il doucement avant de poser ses lèvres sur les miennes.

Tout à coup, cette journée n'a plus l'air si terrible. Les mots peuvent être changés et j'ai assez de temps pour le faire. Ces choses horriblement dures que Susan m'a dites ou que mon éditrice a écrites ne paraissent plus si blessantes.

Notre baiser est interrompu par le son familier du carillon qui indique l'arrivée à notre étage.

— Je t'enverrai par texto les détails du voyage dans pas longtemps. Prends juste quelques affaires – pour un climat chaud.

— Où allons-nous ?

— C'est une surprise, répond-il avec un sourire mystérieux.

D'habitude, les surprises ne sont pas ma tasse de thé, mais il y a quelque chose dans sa façon de me regarder qui fait voler des brassées de papillons dans mon ventre. Je ne me souviens même pas de la dernière fois où je suis partie en vacances. Ça fait des années que je n'ai pas mis un pied en dehors de mon petit univers routinier et que j'ai oublié tous les plaisirs que la vie a à offrir.

CHAPITRE 20
VINNIE

— C'EST COMPLÈTEMENT DINGUE ! dit Bianca en lâchant son sac à main dans le sable près du porche en arc de cercle. L'eau est si claire !

Elle a passé tout le voyage en avion à pianoter fiévreusement sur son clavier pour essayer de résoudre les problèmes soulevés par son agent et son éditrice.

J'ai étudié en détail les films de certains matchs et le manuel des stratégies de l'équipe. J'espère tellement être prêt pour notre premier jeu de présaison…

On a tous les deux de l'ambition et du pain sur la planche. Je me bats pour la place de quarterback et elle poursuit ses rêves, cherchant à ce que chacun de ses livres ait plus de succès que le précédent.

— Rien de tel que les Caraïbes, surtout sur une île privée.

L'île est petite, mais largement suffisante pour nous deux. Avec personne autour de nous pour nous embêter, on va pouvoir se prélasser au soleil quelques jours à écouter le son des vagues lécher le rivage, et les vêtements seront un détail optionnel.

Bianca regarde vers moi en souriant.

— Tu n'avais pas besoin de te donner tant de mal.

— Tu avais besoin de t'évader et, pour être honnête, je te voulais pour moi tout seul.

Je passe mon tee-shirt par-dessus ma tête pour dénuder ma poitrine et mes bras, sachant combien Bianca aime me voir torse nu.

Elle ne regarde plus l'océan. Ses yeux passent et repassent sur mon torse.

— On aurait pu aller à Mackinaw, ou quelque part de moins exotique…

Je l'attrape par la taille et l'attire contre moi.

— Tu ne peux pas te balader toute nue à Mackinaw.

J'ai de grands projets pour ce week-end. Je vais lui faire tourner la tête et m'assurer qu'elle comprenne qu'on est faits l'un pour l'autre. On s'accorde très bien : on est tous les deux des acharnés du travail, on a des grandes familles et tout coule de source quand on est ensemble.

Elle avale péniblement sa salive.

— Je ne peux pas me balader toute nue.

Je passe le dos de mes doigts sur sa joue.

— Porte la tenue dans laquelle tu te sens bien, mais pour ma part, j'ai prévu de bronzer.

— J'ai un maillot de bain…

Elle pose sa main sur ma poitrine et lève les yeux vers moi en souriant. Je hausse un sourcil.

— Un bikini ?

Rien qu'à l'idée de la voir en bikini, le soleil faisant briller sa peau couverte de gouttelettes d'eau, j'ai la gaule.

— Quelque chose dans le genre.

J'attrape nos sacs et les transporte en haut des escaliers, parce que l'océan m'appelle.

— Viens, ma belle, allons nager !

Elle me suit d'un pas lourd.

— Je n'aime pas trop me baigner dans l'océan. Le regarder me suffit...

Je lâche les sacs pour chercher les clés dans ma poche.

— Au moins les pieds dans l'eau... dis-je en cherchant un juste milieu.

— Les requins peuvent t'attraper même dans une eau peu profonde.

Je ris en mettant la clé dans la serrure. J'ouvre la porte.

— Sérieusement ? Tu crois qu'un requin va te manger ?

— Les Bahamas regorgent de requins.

Elle me prend son sac des mains et entre en me laissant sur le seuil. Je la suis en demandant :

— Qui dit ça ?

— Google.

Elle parcourt avec des yeux écarquillés l'intérieur de la maison.

— Waouh, putain... ! Cet endroit est... commence-t-elle avant que la mâchoire lui en tombe.

— Insensé, dis-je pour finir sa phrase.

De l'extérieur, on dirait une maison normale, typique des Caraïbes, avec un beau porche voûté. Mais l'intérieur est décadent, avec un mobilier démesuré, un parquet en bois lustré et des étoffes de luxe.

— C'est vraiment magnifique, dit-elle en levant les yeux vers le haut plafond à la charpente apparente. À côté de ça, nos appartements ne ressemblent à rien.

J'avance derrière elle et enroule mes bras autour de sa taille.

— On pourrait avoir un endroit comme ça à nous.

Elle me jette un coup d'œil.

— Tu t'avances un peu, là...

— On pourrait être copropriétaires d'un endroit comme celui-là. Ça pourrait être un investissement.

— Si je ne finis pas ce fichu livre, je n'aurai pas les moyens.

Je l'embrasse sur la joue.

— Alors tu ferais mieux d'enfiler rapidement ce bikini pour qu'on puisse aller nager, comme ça, ensuite, tu arriveras peut-être à écrire quelques mots.

Bianca disparaît dans la chambre pour se changer pendant que j'ouvre toutes les portes coulissantes pour laisser entrer la chaude brise océanique. J'attrape au passage quelques serviettes de plage et des bouteilles d'eau et les pose sur les chaises longues sous le porche. Quelques heures divertissantes au soleil s'annoncent, et une détente dont on a tous les deux cruellement besoin.

Quand j'entre à nouveau dans la maison, la porte s'ouvre en grinçant et Bianca passe la tête en dehors de la chambre.

— Ferme les yeux, me dit-elle en enroulant une mèche de ses cheveux bruns autour de son doigt.

Je souris en serrant mes paupières l'une contre l'autre. J'ai l'impression d'être un gosse à Noël.

— Tu as finalement décidé de te baigner toute nue ?

Je croise les doigts pour que ce soit ça. Je l'imagine nue, sortant d'une vague avec de l'eau coulant sur sa poitrine, et mon sexe se dresse tout seul.

— Je ne peux pas y aller nue. On pourrait me voir, dit-elle, et sa voix est plus forte, parce qu'elle se tient juste devant moi.

— Il n'y a personne à des kilomètres à la ronde, ma belle, dis-je pour la rassurer, parce que c'est ce qu'on m'a promis quand j'ai fait la réservation.

— Il peut y avoir des yeux partout.

Je tangue d'un pied sur l'autre parce que l'attente me tue.

— Je peux ouvrir les yeux, maintenant ?

— Bon, d'accord. Tu peux regarder.

— Il faut bien que j'ouvre les yeux à un moment ou un autre, dis-je en détachant lentement mes paupières.

Bianca se tient devant moi enroulée dans une serviette d'où ressortent les ficelles blanches d'un maillot de bain.

J'attrape le bord de la serviette entre deux doigts.

— C'est pour quoi, ça ?

— Je ne suis pas prête à te montrer mon corps, dit-elle en se mordant la lèvre et en regardant par terre. Je suis gênée.

Je lâche la serviette et pose mes doigts sous son menton pour l'obliger à me regarder.

— Bianca, je te trouve très belle. Ne va jamais t'imaginer que ce qu'il y a sous cette serviette puisse me faire changer d'avis.

C'est tout Bianca. La plupart des filles que j'ai connues étaient plus que ravies de se déshabiller et de me dévoiler leur corps avant qu'on ait échangé plus de trois mots. Mais celle-ci, celle dont je suis en train de tomber amoureux bien trop vite, est trop pudique pour me laisser la voir en maillot de bain.

— Je connais le style des filles que tu fréquentes, dit-elle en me regardant dans les yeux.

Je hausse un sourcil, parce que *fréquenter* n'est pas dans mes habitudes. Je n'ai jamais emmené d'autre fille en voyage avec moi. Bianca est la première.

— Je pense que tu es la plus belle femme sur laquelle j'ai posé les yeux.

— Je pense que tu as reçu un coup de trop sur la tête, répond-elle avec un sourire.

Je me penche vers elle jusqu'à ce que ma bouche soit proche de la sienne et la regarde droit dans les yeux.

— C'est ton sale caractère et tes manières étranges qui me plaisent. Je me fiche de ce qu'il y a sous cette serviette. Ce n'est que du bonus, ma belle. Si ça peut te mettre à l'aise, reste enroulée dedans, ou bien va enfiler ta tenue de travail et nage avec.

— Je ne peux pas mouiller ça.

D'un mouvement rapide, je la soulève dans mes bras. Elle pousse un cri perçant, s'agrippant à la serviette pour la maintenir fermée.

— Dans tous les cas, tu vas à l'eau.

— Oh mon Dieu ! Tu vas me faire tomber, dit-elle en gigotant pour essayer de se libérer, mais je l'en empêche.

Je la serre plus fort contre moi en riant et sors de la maison pour me diriger vers l'eau.

— Tu ne pèses rien. Je ne vais pas te faire tomber, mais je ne vais sûrement pas te lâcher pour autant.

Je traverse la plage rapidement en me brûlant la plante des pieds à chaque pas sur le sable qui est aussi chaud que des charbons ardents.

Bianca lève son visage vers le ciel et ferme les yeux pour s'imprégner du soleil.

— C'est si bon, le soleil…

— Il te ferait le même effet sur le reste du corps, dis-je avec un sourire narquois.

J'aimerais tant qu'elle soit plus à l'aise avec son corps, ce corps que j'adore déjà, même si je ne l'ai pas vu en entier.

— C'est facile à dire pour toi, dit-elle en lâchant mes bras pour enfoncer le bout de ses doigts dans mes pectoraux. Tu es musclé de partout, ton corps n'est que perfection.

— Peu importe la quantité de muscles, on a tous des corps parfaits.

— Grosse connerie, marmonne-t-elle.

Les vagues me lèchent les pieds, apaisant enfin leur brûlure.

— Les complexes, à la poubelle ! dis-je en me penchant tout en la gardant serrée contre moi. J'ai passé des heures à rêver de ton corps.

Elle avale sa salive.

— Des heures ?

— Des heures.

— Les mecs sont toujours de beaux parleurs. Mais dans les faits, ils sont différents.

— Avec quel genre de mecs as-tu été, ma belle ?

Elle se remet à gigoter et je relâche mon emprise, la laissant glisser le long de mon corps.

— Je n'ai pas envie de parler du passé maintenant.

Pas de problème. La myriade de filles que j'ai connue avant est la dernière chose dont j'aimerais parler. Même si je suis curieux de savoir ce qui l'a perturbée au point de renoncer au sexe pendant si longtemps… Il a bien dû se passer quelque chose, mais elle ne veut jamais en parler.

Elle se cramponne toujours à la serviette pour cacher ce qu'il y a dessous. Levant les yeux vers moi, elle demande :

— Où est ton maillot de bain ?

Je jette un coup d'œil vers mon short et passe mes doigts sous l'élastique.

— Je n'en porte pas. Ça te dérange ?

— Tu ne plaisantais pas, quand tu parlais de te baigner tout nu ?

— Je ne plaisante jamais à propos d'être nu ni en matière de sexe.

— Très bien, dit-elle avec un sourire avant de baisser les yeux vers mon short. Fais-moi voir, alors.

— Si j'enlève mon short, tu enlèves ta serviette.

En fait, le deal n'est pas équitable, mais je m'en moque. Je n'ai jamais été pudique et puis j'ai clairement compris que Bianca aime ce qu'elle a vu de mon corps jusqu'ici.

— Marché conclu, répond-elle avec un sourire en coin. J'y gagne au change. Je le dis juste comme ça.

— Je ne crois pas.

Je tire sur l'élastique et baisse mon short d'un coup sec sur mes jambes avant de l'enlever et de le jeter de côté. Je reste là, les mains plantées sur mes hanches, lui laissant le loisir de voir toutes les parties de mon corps. Je tends le bras vers sa serviette en salivant presque à l'idée de voir sa peau caramel.

— Un marché est un marché.

Ses doigts lâchent les coins de la serviette et le tissu tombe sur le sable à ses pieds.

J'admire son corps. Peau sombre, maillot de bain une pièce avec seulement une fine bande de tissu au milieu de son ventre reliant le haut et le bas. Ses seins brillent au soleil et appellent toute mon attention.

— Tu es ravissante.

Je fais un pas vers elle et remonte ma main vers son visage. Sachant que c'était difficile pour elle, je lui demande :

— Tu te sens bien ?

Elle hoche la tête.

— Oui. Tu ne t'es pas enfui en courant quand tu m'as vue en maillot.

J'approche mes lèvres des siennes.

— Je vais rendre grâce à ton corps avant qu'on reparte de cette île, Bianca. À chaque millimètre de ta peau.

Ses yeux étincellent et le soleil au zénith y fait briller des rayons de miel.

— Pendant des heures ? demande-t-elle en haussant un sourcil.

— Jusqu'à ce que tu me supplies d'arrêter, lui dis-je à l'oreille, à voix basse, avant de l'embrasser.

Elle se love contre moi en appuyant ses seins sur ma peau toute chaude. Il m'est impossible de ne pas avoir d'érection.

— On dirait que je te plais, murmure-t-elle.

Mon sexe a un mouvement convulsif qui parle pour moi tandis que je l'embrasse encore.

Ce soir, je lui montrerai à quel point elle me plaît.

nos serre. Lorsqu'on le fera, tâchez que le baiser ne fasse pas
de mauvais...

— Je suis ma maître ? dit-elle en le regardant franchement
soupira.

— Jusqu'à ce que j'aime et que j'aie un mari ? dit la
mère elle ? vous baiser avant de l'aimer ?

Elle se leva comme pour l'apprivoiser de ses mots, puis
tout à coup dans l'impression où elle se trouvait, elle dit :

— On attend que je le juge, continua-t-elle.

Alors après un mouvement se souleva qui puis non sur
aussi que je l'embrasse en or.

— non, je ne manque jamais à son embrassable ?

CHAPITRE 21
BIANCA

— TU M'AS GÂTÉE, dis-je en portant la flûte de champagne à mes lèvres.

Vinnie roule sur le flanc et pose sa tête dans la paume de sa main.

— Tu mérites tout ça et bien plus encore.

Je l'observe dans la lueur du feu qu'il a fait sur le sable. On est allongés sur une grande couverture posée sur la plage. Il a préparé le dîner lui-même et me l'a servi au bord de l'océan. Ce n'était pas un repas froid ou des plats à emporter, non, il a vraiment cuisiné un repas entier de A à Z.

— Je ne m'attendais pas à ça, venant de toi.

Il est très surprenant.

Il se rapproche.

— À quoi est-ce que tu t'attendais ?

La brise océanique qui caresse mes épaules est presque chaude.

— À de la pizza froide, peut-être… Mais tu es très romantique, en fait.

— Ne le dis à personne, répond-il avec un petit rire.

— Tu as l'étoffe d'un bon héros de roman.

Il me regarde bizarrement.

— C'est quoi, un bon héros de roman ?

J'ai un léger rire.

— Les mecs de rêve que je décris dans mes livres qui font se pâmer les lectrices.

Il me regarde avec un immense sourire.

— Donc, d'après toi, je suis un mec de rêve ?

J'acquiesce.

Il fronce un sourcil en passant un doigt sur le dos de ma main.

— Est-ce que tu te pâmes aussi ?

— Peut-être.

Tu parles ! Je me pâme totalement devant ce type. Qui ne le ferait pas ? En plus, il m'emmène loin du stress de la ville sur une île privée où il me prépare à manger sans que je lève le petit doigt.

Vinnie retire ma flûte de champagne de la couverture et s'approche un peu plus près. Nos corps se touchent presque et mon cœur s'emballe dans ma poitrine. Il pose une main sur ma hanche, seulement séparée de ma peau par ma robe d'été légère.

— Je vais t'embrasser, dit-il.

Je vois le désir flamber dans ses yeux quand il me regarde. Je me sens belle, quand ses yeux brûlent d'envie en s'attardant sur mon visage. On dirait que l'air qui nous entoure crépite comme le feu à quelques mètres de nous.

Il se penche vers moi et presse ses lèvres contre les miennes. La douceur de sa bouche et la dureté de son corps me donnent la chair de poule. Il détache sa main de ma hanche et la fait remonter vers mon visage. Il y a quelque chose dans sa façon de tenir ma joue dans sa main de géant, tout en passant son pouce sur la commissure de mes lèvres pendant qu'il m'embrasse profondément, qui met mon corps dans tous ses états.

Je roule sur le dos et Vinnie me suit en montant sur moi, calant le bas de son corps entre mes jambes. Mon sexe est douloureux de désir, après tant de mois d'abstinence.

Il passe sa langue sur mes lèvres et j'ouvre la bouche. J'ai envie de le goûter. Sa queue gonflée appuie sur mon clitoris, me rappelant la première fois où il m'a fait jouir. Il baisse lentement la bretelle de ma robe légère sur mon épaule et le bout de ses doigts déclenchent des étincelles sous ma peau.

J'ai envie de le supplier d'aller plus vite, parce que j'ai attendu trop longtemps pour être touchée de cette façon. Mais d'un autre côté, je veux savourer chaque moment, chaque baiser, chaque caresse et mémoriser ce qu'il me fait ressentir.

Sa bouche en feu descend de ma mâchoire à mon cou puis à mon épaule nue en embrassant et en mordillant ma peau à son passage. J'enfonce mes ongles dans ses biceps en m'arc-boutant, soulevant mon dos de la couverture pour m'appuyer contre lui.

Il tire ma bretelle plus bas sur mon bras, exposant mon sein à la brise marine. Mes tétons se durcissent instantané-ment et réclament désespérément son attention.

Quand il approche son visage de mes seins, je fais glisser mes mains sur son cou. J'ai très envie de lui. J'ai envie de sentir sa bouche partout sur ma peau.

— Tu veux que je prenne mon temps ? murmure-t-il contre ma poitrine en me jetant un coup d'œil.

Je secoue la tête.

— Non. J'ai besoin de te sentir en moi, dis-je avant de me corriger : j'ai envie de te sentir en moi.

Il déplace sa bouche sur ma poitrine et ferme ses lèvres autour d'un de mes tétons. Je pourrais presque jouir instantanément, tant mes seins sensibles ont été négligés depuis trop longtemps et aussi parce qu'il frotte son sexe contre le mien d'une irrésistible façon.

Je fais glisser mes mains le long de sa poitrine pour aller saisir son short. Je tire sur les côtés. J'ai envie de sentir la fermeté de son érection directement sur ma peau, sans tissu entre nous. Il grogne tandis que mes ongles éraflent ses cuisses en baissant son short sur ses jambes.

Il se soulève juste assez au-dessus de moi pour que je puisse passer un bras entre nous. J'empoigne son sexe. Plus fort il aspire mon téton, plus vite je le branle.

Il fait glisser sa bouche sur mon corps et prend ma robe entre ses dents pour dénuder mon autre sein. Je le serre plus fort dans ma main en le caressant, attentive à l'extrémité de sa queue pour qu'il ne puisse pas faire durer ces préliminaires plus longtemps.

Je n'ai pas besoin qu'on me courtise en m'offrant des fleurs. Au point où j'en suis, je sais ce que je veux. Il y a une intense vibration entre mes jambes qui ne pourra être apaisée qu'en étant pénétrée par ce sexe dur. Je gémis :

— Baise-moi.

Vinnie lève les yeux vers moi, mon téton toujours entre ses lèvres.

— Baise-moi fort.

Vinnie se redresse pour s'asseoir, son sexe pointé vers le Paradis, et enlever son short. J'attrape l'ourlet de ma robe et me trémousse jusqu'à la faire passer par-dessus ma tête et l'abandonner dans le sable, quelque part à côté de son short.

— Tu en es sûre ? demande-t-il dans la demi-pénombre alors que la lune brille derrière lui.

Je me redresse sur mes coudes et mange des yeux ce beau corps complètement nu.

— Qu'est-ce que tu n'as pas compris dans « baise-moi » ?

Un sourire fend son visage.

— J'adore quand tu dis ça.

— Baise-moi, dis-je à nouveau, parce que je compte bien le répéter jusqu'à ce qu'il obéisse enfin.

Je glisse une main sur mon ventre et atteins mon clitoris avec mes doigts. Je renverse ma tête en arrière et écarte mes jambes pour qu'il puisse me regarder faire.

— Si tu ne le fais pas, je vais m'en charger, dis-je en enfonçant mes doigts dans la moiteur de mon sexe.

Il saisit ma main et la repousse sur le côté pour se remettre entre mes jambes. Il passe une main sous moi pour agripper mes fesses tandis qu'il se caresse de son autre main.

— Je devrais aller chercher un préservatif, dit-il.

Mais je suis trop excitée. Putain, qui a le temps pour ça dans un moment pareil ? Je lui lance un regard noir parce que si j'attends plus longtemps, je vais perdre cette tête à laquelle je tiens tant.

— Oublie le préservatif. Je suis clean et protégée. Et toi ?

— Je me fais tester tous les mois. Je suis clean, ma belle.

Je demande en haussant un sourcil :

— Alors qu'est-ce que tu attends ?

Vinnie repose ses lèvres sur les miennes et le bout de son sexe vient s'appuyer à l'entrée du mien.

— J'ai fini de parler, ma belle. Il est temps pour moi de prendre ce qui m'appartient.

Je mentirais si je disais que ses mots n'envoient pas des frissons sur tout mon corps. Dans mes livres, les hommes disent toujours que leur femme leur appartient, mais jamais aucun homme ne m'a dit ces mots-là. Vinnie sait exactement quoi dire pour m'exciter et comment faire pour qu'il me soit impossible de lui résister.

Son sexe me pénètre centimètre par centimètre, m'étirant tellement que j'en ai le souffle coupé. Quand il glisse plus profondément en moi, une légère et délicieuse douleur me fait suffoquer. Je lui griffe le dos. Il se met à aller et venir en moi et je gémis son nom.

C'est lent et sensuel. Il me regarde dans les yeux continuellement alors que son lent mouvement de bascule se transforme en poussées franches et profondes. Je scande en boucle :

— Oui ! Encore !

Je crochète mes chevilles derrière ses fesses pour le sentir encore mieux au fond de moi et pour que la friction attise l'orgasme qui se profile. Son sexe me remplit, me rappelant combien il est merveilleux de l'être.

Il pose ses lèvres sur les miennes à nouveau tout en faisant tourner ses hanches comme s'il voulait me moudre, touchant ainsi toutes les zones sensibles qui conduisent à l'orgasme.

Mon corps se tend à chaque poussée, mes orteils s'incurvent et mon dos s'arc-boute. Je ne peux pas me retenir de jouir. Je crie son nom, chantant dans la pénombre alors que des couleurs explosent sous mes paupières.

— Encore, dit-il sans s'arrêter ni ralentir.

Au contraire, il me baise encore plus fort et profondément qu'avant.

— Je ne pense pas pouvoir, dis-je en essayant de reprendre mon souffle.

Des soubresauts, petits mais violents, parcourent tout mon corps.

— Tu vas pouvoir, ma belle. Je peux continuer toute la nuit, dit-il.

Je crois bien qu'il peut et va le faire.

CHAPITRE 22
VINNIE

— C'EST HORS DE QUESTION, dit-elle en secouant la tête avant de faire un pas en arrière. Je ne monterai pas là-dessus.

Pour une fille avec du caractère, elle a peur de tout. J'ai vite appris qu'elle était une créature accrochée à ses habitudes, ne sortant jamais vraiment de sa zone de confort.

— Juste cinq minutes ?

J'essaie de lui attraper la main mais elle la retire d'un geste brusque.

— Non. Aucune chance.

Je ris en restant planté là où les vagues se cassent sur le sable, éclaboussant mes jambes.

— On va s'amuser. Tu ne me fais pas confiance ?

— Bien sûr que non.

Elle rit doucement, croise les bras et ajoute :

— Pas assez pour mettre ma vie en danger.

Je fronce les sourcils.

— Ce truc est donc mortel ? dis-je en montrant le jet-ski. Tu es sérieuse ?

Elle le désigne du doigt comme s'il allait lui sauter au visage.

— Et si je me blesse, comment on fait ? À quelle distance est le premier hôpital ?

Je hausse les épaules.

— Je ne sais pas.

— Où est l'ambulance ? demande-t-elle en me prenant de haut.

— Il n'y en a pas.

— Vas-y toi, conclut-elle en se contentant d'un mouvement de menton vers l'océan. Je vais rester ici et écrire.

— Si tu n'y vas pas, je n'y vais pas, dis-je en m'attendant à ce qu'elle cède à mon chantage, comme le feraient la plupart des gens.

— Très bien, répond-elle. Fais comme tu voudras.

Je fais un pas vers elle.

— Ce que je voudrais, c'est que tu poses ton joli petit cul sur ce jet-ski.

Elle offre son visage au soleil.

— J'aime sentir la terre sous mes pieds.

Pendant qu'elle regarde ailleurs, je me penche en avant et l'attrape autour des genoux pour la soulever dans les airs. Elle se met immédiatement à hurler en m'assénant des coups de poing dans le dos à répétition.

— Tu vas me poser par terre, Vinnie Gallo !

— Tu fais peur, quand tu es en colère, dis-je, moqueur, tandis que je me dirige en riant vers la maison, Bianca sur l'épaule.

— Où est-ce que tu m'emmènes ?

— Si tu ne te mets pas à l'eau, alors je sais quoi faire de toi. Tu te souviens de mon projet de rendre grâce à ton corps ?

Elle arrête de se battre et s'immobilise.

— Oui.

Je glisse une main le long de sa jambe et saisis la peau douce de sa cuisse à la limite de son bas de maillot de bain.

— Je m'apprête à découvrir combien d'orgasmes tu peux encaisser avant de me supplier d'arrêter.

— Tu as une grande gueule.

Je lui donne une petite tape sur le cul.

— Ma belle, je tiens toujours mes promesses.

Elle se laisse glisser le long de mon corps et me regarde comme si je n'étais pas sérieux. Mais je le suis. Plus que tout au monde, je veux explorer chaque centimètre carré de sa peau avec mes lèvres, ma langue, mes doigts et ma queue. Aucune zone ne sera oubliée.

— Enlève ton maillot, lui dis-je.

— Tu veux que je me mette toute nue ? Là ?

— Ma belle… dis-je en passant ma main sur sa joue. J'ai déjà vu ton corps en entier. Pour lui rendre grâce, j'ai besoin que tu sois nue.

Les rayons du soleil entrent par la fenêtre. Elle détache lentement les lanières de son maillot de bain sans me quitter des yeux une seconde et je regarde avec admiration la beauté de sa peau caramel, de ses seins gonflés et de ses hanches plantureuses.

— Tu es tellement belle, dis-je en pensant ces mots à deux cents pour cent. Incroyablement sexy.

Elle immobilise sa main juste avant que sa poitrine soit dénudée.

— Arrête de parler.

— Pourquoi ?

— Tu me rends nerveuse.

Je m'approche d'elle et relève son menton pour qu'elle

me regarde. Je voudrais non seulement qu'elle entende ces paroles, mais qu'elle les ressente aussi.

— Ne sois pas nerveuse, ma belle. J'aime le moindre centimètre carré de ta peau. Aucune autre femme ne m'a jamais plu à ce point. Je m'apprête à te montrer à quel point j'adore ton corps.

Elle me regarde en clignant des yeux mais sans bouger.

Je prends le relais. Je repousse sa main des lanières et défais de mes deux mains son maillot de bain pour découvrir ce que je suis sur le point de dévorer.

Je me penche pour embrasser sa poitrine tout en faisant glisser son maillot le long de ses jambes.

— Je vais te faire jouir jusqu'à ce que tu ne puisses plus jouir du tout.

Je suis à nouveau face à face avec elle, impatient.

— Eh bien, ma belle, on va concourir pour le record du monde d'orgasmes. Tu vas jouir jusqu'à ce que tu perdes connaissance.

Elle a une brève inspiration de surprise et me regarde, incrédule.

— Tu veux que je m'évanouisse ?

Je réponds avec un sourire en coin :

— Je veux que tu n'oublies jamais à qui ce corps appartient.

— Toi, alors…

— Je vais te déguster.

CHAPITRE 23
BIANCA

LA VIE a l'art de nous faire redescendre sur Terre. Un instant, on flotte sur un petit nuage et celui d'après, le monde nous gifle en pleine figure. C'est l'univers qui, à sa façon cosmique, nous rappelle que le bonheur est fugace et capricieux et peut nous être arraché à tout moment.

On a passé quatre jours merveilleux à prendre le soleil dans les Caraïbes en trouvant le moyen de ne pas rester au lit tout le temps. Vinnie a tenu toutes ses promesses haut la main. C'est une bête de sexe, mais il est bien plus que ça, pour peu qu'on prenne la peine de retirer les couches de sa carapace.

Il porte ma main à ses lèvres. On attend au feu rouge, à un pâté de maisons de notre immeuble.

— J'aurais tellement aimé qu'on puisse rester plus longtemps, dit-il en me regardant un moment, avant que le feu passe au vert.

Je soupire, bien d'accord avec lui, même si j'adore Chicago. Ça a toujours été chez moi : les sirènes bruyantes, les embouteillages incessants et les gens qui se déplacent partout dans la ville, remplissant les trottoirs de silhouettes pressées.

Je pose ma tête sur l'appui-tête. Je sais qu'on vit là les derniers moments intimes de notre escapade avant que la réalité nous rattrape.

— Peut-être qu'on pourrait retourner là-bas quand tu auras fini ta saison…

Vinnie se tourne vers moi en souriant, ses doigts emmêlés aux miens. Il me serre doucement la main.

— Tu n'en as pas fini avec moi ?

Je secoue la tête en riant.

— Il faut croire que non.

Il conduit jusqu'au parking souterrain de l'immeuble et se gare sur sa place de parking avant de se tourner à nouveau vers moi.

— Je ne sais pas comment dire ce que je veux dire. C'est comme si les mots étaient ceux d'une langue étrangère que je n'ai plus parlée depuis l'école.

— OK… dis-je en traînant sur la dernière syllabe, confuse, parce que je ne vois pas du tout où il veut en venir.

— Je te demande un peu d'indulgence si j'ai l'air d'un crétin. Tu es écrivaine et tu as le sens des formules, mais je suis un athlète et d'habitude, j'utilise mon corps pour montrer ce que je veux dire.

Et son corps m'en a dit, des choses, sur cette petite île perdue au milieu des Caraïbes… J'essaie de le rassurer :

— Tu t'en sors très bien.

Je ne suis pas aussi éloquente qu'il le croit. Les éditeurs m'aident la plupart du temps à ne pas écrire d'idioties.

Il tend son bras au-dessus de l'accoudoir central et attrape mon autre main. Me tenant les deux mains, il me regarde avec ses yeux verts et il y a sur son visage une expression douce et chaleureuse. Il prend une profonde inspiration comme s'il se préparait à dire quelque chose de très important.

— Je veux que tu sois ma petite amie, Bianca. J'ai tourné autour du pot et t'ai dit par différents biais que tu étais à moi, mais je veux qu'on soit en couple, officiellement.

Je me tourne pour être face à lui et plonge mes yeux bruns dans ses yeux verts. Il a dit qu'il était d'accord avec ma grand-mère quand elle nous a confié qu'on était faits l'un pour l'autre. Mais je pensais qu'il n'en croyait pas un seul mot et qu'il disait seulement ce que j'avais besoin d'entendre pour m'offrir à lui.

Vinnie était l'athlète typique, c'est tout ce que je savais de lui. Un joueur, sur le terrain et dans la vie. À aucun moment je n'ai pu supposer qu'il avait envie d'une relation à long terme. D'après l'échantillon de temps passé avec lui, il n'était pas le dragueur invétéré des commentaires sur les réseaux sociaux, mais un homme qui aimait les femmes sans honte et sans vergogne, et qui ne s'engageait pas.

Ma réponse est coincée dans ma gorge et mon plexus fait ce truc bizarre que je décris si souvent dans mes livres, mais que je n'avais jusqu'ici jamais ressenti.

— Tu veux qu'on soit fidèles ?

Il hoche la tête en pressant doucement mes mains.

— Je ne veux voir personne d'autre et je te veux toute à moi.

J'en reste sans voix, ce qui n'est pas dans mes habitudes. Je finis par demander :

— Tu veux qu'on soit ensemble ?

Même prononcer les mots paraît complètement fou. J'ai l'impression de retourner en arrière quand, au lycée, le type pour qui je craquais a fini par me demander de sortir avec lui. Je n'avais pas couché avec lui avant comme je l'ai fait avec

Vinnie, ce qui était, comme pour la plupart des mecs au lycée, son unique but parce qu'il n'avait ni l'intention de tomber amoureux ni de vivre heureux avec moi.

Vinnie acquiesce.

— Eh bien, dit-il avant de chercher ses mots en piquant un fard, je sais que j'ai l'air idiot, mais je veux que tu sois ma chérie. Et je veux que tout le monde sache que tu l'es.

Je ne sais plus où me mettre ; la voiture semble tout à coup étroite et l'air devient trop chaud. Mon cœur s'emballe et je suis prête à dire oui, parce que Vinnie Gallo m'a fait vivre un conte de fées, ces derniers jours. Mais quelque chose m'arrête. Mon passé se faufile toujours dans le présent.

— À quand remonte la dernière fois que tu as eu une petite amie ?

Il lève les yeux en l'air en grimaçant.

— Il y a quatre... dit-il avant de secouer la tête, non, peut-être cinq ou six ans. Je ne sais pas. J'étais au lycée.

Vinnie est la première personne avec qui j'ai couché sans qu'on se soit au préalable engagés dans une relation sérieuse – ces relations qui ont toutes fini en fiasco total, me brisant le cœur. J'ai beau écrire des histoires d'amour aux fins heureuses, je n'en ai jamais vécu moi-même. Déception après déception, j'ai fini par croire que je n'étais pas destinée à trouver l'amour.

Il y a six mois, à la suite d'une horrible rupture très médiatisée, j'ai non seulement décidé de renoncer au sexe, mais aussi aux hommes et aux relations en général. Ça n'a pas été difficile dans la mesure où je sortais rarement de chez moi et ne me mettais dans aucune situation où je pouvais être tentée de finir au lit avec quelqu'un.

Les continuels hauts et bas des relations amoureuses m'empêchaient de travailler. Il était difficile d'écrire l'histoire d'un homme séduisant faisant rêver la femme qu'il aime quand dans la réalité, mon mec s'acharnait à piétiner mon cœur comme si j'étais l'être humain le plus insignifiant au monde.

— Mais maintenant, tu te crois prêt ?

Il fronce les sourcils et semble blessé par ma question.

— Bon sang, Bianca… Je ne te demanderais pas ça sans avoir mûrement réfléchi.

— Je suis désolée.

J'ai l'impression d'être une salope, et à raison. Il m'ouvre son cœur, me demande d'être sa petite amie et moi, je remets en question son passé et ses sentiments.

— Tout est différent avec toi. Je ne vais pas te mentir… Avant, je n'étais pas très recommandable, côté relation. J'ai rarement vu deux fois la même fille.

« Vu » est son nom de code pour « couché avec ». Les hommes comme Vinnie ne *voient* pas de femmes. Ils couchent avec n'importe qui en gaspillant leur sperme, comme si leur vie de playboy impliquait de donner du plaisir à autant de femelles qu'il est humainement possible de le faire en un temps record.

— Pourquoi moi ? Pourquoi maintenant ?

Prise de diarrhée verbale, je pose toutes ces questions parce que je n'arrive pas à comprendre pourquoi il serait prêt tout à coup à marcher droit. Il a une immense carrière de footballeur devant lui et pourrait probablement mettre dans son lit n'importe quelle femme de la planète s'il le voulait.

— C'est exactement pour ça.

Je plisse les yeux.

— Tu peux répéter ?

— Parce que tu poses des questions sur tout. Tu n'es pas comme la plupart des femmes que j'ai connues. Elles auraient dit oui sans demander pourquoi et même sans y réfléchir. Tu es complexe, coriace, avec un esprit de contradiction. Tu te fiches de qui je suis ou de ma célébrité. Je pense que je te plais comme je suis réellement, et ce que je peux faire avec ma langue et ma queue n'est qu'un bonus.

Je lui souris.

— C'est vrai que tu me plais en dehors de ça.

Mais c'est un expert au lit, je ne peux pas le nier. C'est comme s'il avait passé une vie entière à étudier les meilleures façons de me donner du plaisir. Il comprend mon corps comme aucun autre homme ne l'a fait avant lui. Je n'ai pas eu besoin de le guider ou de lui montrer comment me faire jouir. Il le savait, tout simplement.

— Alors dis-moi que tu seras ma chérie. Qu'il y aura seulement toi et moi. Personne d'autre.

— Si tu me brises le cœur…

Il relâche une de mes mains et pose ses doigts sur mes lèvres.

— Ne dis rien. Je ne te briserai pas le cœur, mais ne brise pas le mien non plus.

— Comment est-ce que je pourrais faire ça ?

Il fait glisser sa main dans ma nuque et me maintient près de lui. Du pouce, il me caresse le menton.

— Écoute, je n'ai jamais eu de relation sérieuse parce que j'avais envie d'être libre. J'ai eu un chagrin d'amour une fois, au lycée, et puis après avoir observé la relation compliquée entre mon père et ma mère quasiment toute ma vie, je m'étais promis de ne pas prendre le même chemin qu'eux. Je voulais attendre de rencontrer quelqu'un que je pourrais vraiment aimer. Quelqu'un qui me défierait au lieu de simplement s'allonger pour me donner ce que je veux. Tu n'es pas une fille facile, dans tous les sens du terme.

Je me mets à rire.

— Probablement pas.

— Crois-moi, tu ne l'es pas, dit-il en approchant son pouce de ma bouche pour venir effleurer ma lèvre supérieure. C'est ce qui me plaît le plus chez toi. Tu ne tombes pas à mes pieds. J'ai dû me démener rien que pour pouvoir passer du temps avec toi. Tu es spéciale, Bianca. Je veux que tu saches à quel point tu es spéciale. Tu m'as fait tourner la tête, avec ton caractère, et mes sentiments pour toi sont déjà profonds. Te voir avec un autre homme me détruirait. S'il te plaît, dis-moi qu'on est ensemble. Tu sais que tu en as envie. Arrête d'être si têtue.

D'habitude, en m'entendant dire ça, je m'entêterais encore plus pour affirmer que je ne suis pas têtue. Mais je n'ai pas envie de faire ça avec Vinnie. J'aime l'idée qu'il soit à moi autant que celle d'être à lui. Je ne peux pas mentir ou le nier.

— J'ai juste très peur, Vinnie. Si tu me brises le cœur, je pense que je ne pourrai plus écrire de livre avant très longtemps. Tout mon univers s'effondrerait.

— Tout ce qui se passe en dehors du terrain affecte ce qu'il se passe dessus. Quand ma vie a du plomb dans l'aile, ça se ressent dans mes performances. Je me mets en danger en te demandant ça autant que tu te mets en danger si tu acceptes. Les relations sont à double sens, ma belle.

Les dernières semaines de ma vie ont été merveilleuses, mise à part l'attitude grincheuse de Susan envers mon nouveau livre. Vinnie m'a donné la motivation d'avancer d'un jour à l'autre et si tout à coup tout s'arrêtait et qu'il sortait de ma vie, je finirais probablement déprimée à noyer mon chagrin dans des litres de crème glacée. Je murmure :

— Je veux être ta petite amie.

Il se rapproche en tendant l'oreille, mais je peux le voir sourire.

— Répète ça ?

— Je veux être ta petite amie, Vinnie.

Je n'ai pas le temps de finir ma phrase que ses lèvres sont sur les miennes. Quand il m'embrasse, le monde n'existe plus. Tout ce qu'il s'est passé avant n'a plus d'importance.

C'est l'effet qu'il me fait.

— Merci, chuchote-t-il contre mes lèvres avant de se redresser.

— De quoi ?

Ma voix est aiguë, presque à court de souffle après le baiser rapide mais si sensuel qu'il vient de me donner.

— D'avoir dit oui.

Sa langue passe sur ses lèvres et mes yeux la suivent.

— D'être à moi.

Je sais qu'il n'est pas parfait, mais ce moment où je suis assise dans sa voiture pendant qu'il me regarde comme il le fait, est d'une perfection absolue. Je n'ai pas envie de revenir à la réalité. Je demande :

— Et si on restait ici, tout simplement ?

J'ai une date butoir cauchemardesque devant moi et, bien que j'aie écrit un peu pendant notre escapade, je suis loin d'avoir fini.

— Tu as un livre à terminer et j'ai un poste à gagner.

— L'âge adulte est surfait.

— J'ai encore quelques heures avant de devoir me présenter au stade, dit-il en fronçant un sourcil. Je ne suis pas contre un peu d'entraînement. Tu es partante, ma belle ?

— Bof… Je n'ai pas très envie de faire du jogging sur un tapis de course.

Il a un petit sourire en coin.

— Je ne parlais pas d'aller à la salle de sport.

J'avale difficilement ma salive et la sourde douleur entre mes jambes qui se réveille dès que Vinnie est près de moi s'intensifie.

— Oh, dis-je avant de mordre ma lèvre et d'ouvrir la portière. Tu viens ?

Je sors mes jambes de l'habitacle et pose mes sandales sur le sol en béton froid du garage. Avant même que je sois debout, il est sorti de la voiture.

— Oh que oui, je viens, et plutôt deux fois qu'une ! Laisse les sacs, on les prendra plus tard.

— Quelqu'un est pressé, on dirait…

Vinnie pose deux doigts sous mon menton et enroule un bras autour de ma taille.

— Je suis pressé de te pénétrer, mais ce que je vais te faire avant va prendre du temps. Beaucoup de temps.

Je lui prends la main et me dégage de son emprise pour l'attirer vers l'ascenseur.

— Arrête de parler. Tu perds du temps. Action, monsieur Gallo !

Je me focalise tellement sur l'extase qui s'annonce que je fonce vers l'ascenseur sans regarder autour. Mais Vinnie s'immobilise et me tire en arrière. Quelque chose ne va pas, il est tout pâle. Je demande :

— Qu'est-ce qu'il y a ?

Mon regard suit le sien et mon cœur sombre. Les petits nuages sur lesquels j'étais à l'instant disparaissent.

— Qu'est-ce que…

Le mot « PUTE » est peint en rouge sur le capot de ma voiture. Bouche bée, je fais le tour du véhicule et découvre la même inscription à l'arrière et sur les portières.

Je tremble de colère, incapable de m'arrêter de tourner en

rond autour de ma voiture, quand Vinnie m'attrape et m'entoure de ses bras pour m'immobiliser.

— On va la faire repeindre. Ce n'est pas si grave.

Pas si grave ? C'est atroce, oui ! Même si, mis en perspective sur une échelle de gravité, il y a pire. Je ne viens pas de me faire tabasser ou tuer. Mais il n'y a rien d'agréable à voir cet acte de haine sur ma voiture. Je demande, les larmes aux yeux :

— Qui a pu faire ça ?

— Peut-être une fan psychopathe, répond-il en me serrant contre lui. Respire, Bianca. Ça va aller.

— Ça va aller ?

Je montre du doigt le capot de ma voiture, au bord du malaise.

— Tu trouves que ça a l'air d'aller ?

— Je demanderai à la sécurité de regarder les vidéos et j'appellerai un de mes gars pour réparer ta voiture. Tant qu'on ne saura pas qui a fait ça, tu ne dois pas venir dans le parking toute seule.

Je tourne la tête vers lui et le dévisage.

— Pardon ? D'abord, tu as des gars ?

— Des amis de mon père. L'un d'entre eux est spécialiste en carrosserie, il arrangera ça vite et discrètement.

— D'accord, dis-je avant de me concentrer sur la deuxième partie de ses propos qui ne me plaît pas du tout. Je n'ai plus le droit de descendre au parking toute seule ?

Il resserre ses bras autour de ma taille et approche sa bouche de mon oreille.

— Je ne permettrai pas qu'il t'arrive quoi que ce soit. Ta voiture ne sera pas au parking pendant quelques jours, de toute façon. Prends des taxis, demande-moi ou appelle quelqu'un de ma famille pour t'emmener où tu voudras. La personne qui a fait ça est complètement dingue, ma belle. Ne joue pas avec ta vie.

Mon corps se fige dans son étreinte.

— Tu penses que je suis en danger ?

J'ai entendu parler d'auteurs harcelés par des fans trop zélés mais jusqu'ici, je n'avais jamais rien expérimenté qui s'approche un tant soit peu de ça.

— Oui. Promets-moi d'être prudente et de m'écouter jusqu'à ce qu'on découvre ce qu'il s'est passé et qui a fait ça.

Le fait qu'il me dise quoi faire ne me plaît pas. Mon père ou mes frères en auraient fait autant. J'ai toujours été fière et indépendante, et me soumettre à l'autorité n'a jamais été mon point fort.

— C'est promis, dis-je, même si les mots m'écorchent la bouche.

Je déteste me sentir prisonnière chez moi, à la merci d'une menace inconnue.

— Je te protégerai et il n'y aura aucune fuite côté presse. Laisse-moi m'occuper de tout.

Une partie de moi est tentée de protester, de dire que je m'occuperai de tout moi-même. Mais, pour une fois, je n'ai pas envie de m'en charger toute seule. Je veux pouvoir m'appuyer sur quelqu'un et, justement, Vinnie est là.

Pour une fois, je cède.

CHAPITRE 24
VINNIE

J'ÉCOUTE le message laissé par le gardien de notre immeuble tout en essuyant la sueur sur mon front. L'entraînement a duré plus longtemps que prévu et j'avais hâte de revenir aux vestiaires pour voir s'il y avait du nouveau.

« Monsieur Gallo, on a pu extraire la vidéo du parking. Ce n'est pas aussi clair qu'on aurait pu le souhaiter, mais ça pourra quand même aider à identifier la personne responsable des dégâts sur la voiture de mademoiselle Hernandez. Je vous ai envoyé une image par texto. Faites-nous savoir si on peut encore vous être utile. »

— Ça fait flipper, ce truc, dit Clarence en s'asseyant sur le banc à mes côtés pour délacer ses crampons.

Je m'affaire sur l'écran pour ouvrir l'image avant même la fin du message vocal. La colère me monte au nez quand la photo apparaît. Je reconnais immédiatement les cheveux et le visage de profil.

— Putain, dis-je entre mes dents en empoignant mon portable si fort que je m'étonne de ne pas voir l'écran éclater dans ma paume.

— Tu les connais ? demande Clarence.

Je baisse les yeux vers lui en tremblant de colère et tourne l'écran pour qu'il puisse le voir aussi.

— Oh merde. Je savais bien que cette salope était tarée.

Tracie l'est plus que n'importe qui à ma connaissance. C'est une chose de m'ennuyer, de me suivre partout comme un petit chien, mais il faut être vraiment malade pour faire ce qu'elle a fait. S'en prendre à moi, c'est déjà tordu, mais s'en prendre à ma petite amie ou à ses affaires révèle un dérèglement psychiatrique que je ne tolérerai pas.

— Ça suffit. Ma patience a des limites. Je me fiche de qui elle est. Je ne permettrai pas qu'il n'y ait aucune conséquence.

Clarence secoue la tête.

— Je ne t'envie pas, mec. Elle en a fait des conneries depuis que je suis là, mais jamais rien de tel.

Je prends une profonde inspiration en essayant de maîtriser ma colère avant de finir par étriper quelqu'un.

— Soit ils s'en occupent, soit je quitte l'équipe.

— Ne fais rien que tu regretterais.

Je toise Clarence d'un regard noir.

— Je devrais juste attendre les bras croisés qu'elle finisse par blesser Bianca ? Et si elle s'en était prise à Marquita ?

— Je ne sais pas, mec… Je ne sais pas.

— On se revoit peut-être demain, mais cette histoire de merde va s'arrêter maintenant.

Sans attendre de réponse, je me dirige droit vers le bureau du coach, la photo toujours sur l'écran de mon téléphone.

— Gallo, dit-il avant que j'aie pu mettre deux pieds dans son bureau.

— Coach, il faut qu'on parle, dis-je en plantant mes

poings sur mes hanches en essayant de contrôler la violence de ma colère. Je veux changer d'équipe.

Il redresse la tête.

— Quoi ?

— Vous m'avez entendu. Changez-moi d'équipe. J'irai dans n'importe laquelle.

— C'est hors de question.

Il secoue la tête et s'avance vers moi en faisant un geste en l'air comme si j'avais perdu la tête.

— Tu vas être le levier de la saison. On construit tout le jeu de l'équipe autour de toi.

Je brandis mon téléphone sous son nez avec la photo de Tracie, une bombe de peinture à la main, en train de bousiller la voiture de Bianca.

— Tracie est allée trop loin, cette fois-ci. Vous continuez à me promettre qu'elle va être prise en charge, mais rien ne change. Elle est encore pire qu'avant. Je ne peux pas travailler dans ces conditions. Je ne travaillerai pas dans ces conditions. Je n'accepterai pas que Bianca soit en danger parce que Tracie est autorisée à faire tout ce qu'elle veut.

Ma voix tremble et ma colère arrive à son apogée.

— Changez-moi d'équipe ou je démissionne.

— Voyons, mon garçon… dit-il en posant une main sur mon épaule. Ne fais rien de façon précipitée. On va s'occuper de cette affaire.

— J'ai déjà entendu cette promesse bidon, coach.

— Rudy ! crie-t-il en regardant par-dessus mon épaule.

— Qu'est-ce qu'il y a ? demande Rudy, le défenseur de première ligne, depuis le couloir.

— Dis à monsieur Turner que je veux le voir immédiatement.

— C'est comme si c'était fait, répond Rudy avant de nous laisser seuls à nouveau.

Le coach me contourne pour fermer la porte.

— Assieds-toi. Il ne va pas tarder. Il était dans le couloir avec des journalistes il y a quelques minutes.

J'obéis sans me détendre pour autant. Je frotte mes mains sur mes jambes en essayant de me calmer avant de craquer totalement et de ruiner mes chances de faire une carrière professionnelle dans quelque équipe que ce soit. Le coach s'assied en face de moi et se met à trier des papiers sans rien dire.

Peu après, monsieur Turner fait son entrée.

— Tu voulais me voir ?

Je ferme les yeux et prends une profonde inspiration. Je sais que c'est le genre de moment « où ça passe ou ça casse ». J'ai travaillé toute ma vie pour arriver là où j'en suis. Je me suis entraîné comme un acharné, j'ai passé des heures à la salle de sport et j'ai perfectionné mes compétences jusqu'à atteindre la ligue. Et je me retrouve là, prêt à devoir tirer un trait sur tout ça juste parce qu'ils n'arrivent pas à contrôler *une* femme.

— Pouvez-vous fermer la porte ? demande le coach à monsieur Turner. Nous avons un problème.

Monsieur Turner ferme la porte et foule le bureau de son pas lourd. Il me jette un coup d'œil puis regarde le coach.

— Que s'est-il passé ?

Le coach fait un mouvement de tête dans ma direction.

— Montre-lui.

Je tends mon téléphone et monsieur Turner me le prend des mains pour regarder la photo.

— Que fait-elle ?

— Elle peint à la bombe le mot « pute » partout sur la

voiture de ma petite amie, dans le parking privé de notre immeuble.

Il ouvre la bouche, prêt à dire quelque chose, mais s'abstient.

Le coach fait un geste vers moi en s'adossant au dossier de son fauteuil.

— Gallo veut être échangé.

— C'est hors de question, répond Turner, trouvant enfin ses mots. Je ne le permettrai pas.

— Alors je démissionne, dis-je en me levant d'un coup. Je ne peux pas accepter que Tracie menace ma petite amie. À partir de maintenant, je ne fais plus partie de l'équipe et je vais porter plainte contre elle immédiatement.

— Elle est allée trop loin, cette fois, dit Turner en frottant son front et en grimaçant. Je vais l'envoyer loin d'ici. Elle a besoin d'assistance médicale, mon garçon. Ce n'est pas facile d'aimer si fort quelqu'un qui s'autodétruit à ce point, mais elle est de mon sang. Je vais l'envoyer en dehors du pays, se faire soigner dans une clinique en Suisse. Ne démissionne pas. Je t'en supplie. Tu es l'avenir de cette équipe.

— Monsieur, avec tout le respect que je vous dois, vous m'aviez promis qu'elle serait prise en charge avant.

— Elle sera demain dans mon jet privé. Elle suivra un programme de soins qui dure un an. Elle ne pourra plus poser de problème en étant de l'autre côté de la planète. S'il te plaît, ne quitte pas l'équipe.

Je dois avouer qu'au fond de moi il est assez plaisant de le voir me supplier de la sorte. Le poste de quarterback est à moi, ce qui est super, mais seulement si Tracie est complètement évincée de l'affaire.

— Puis-je en parler à Bianca, d'abord ?

Monsieur Turner laisse échapper un lourd soupir et acquiesce.

— Quoi qu'il en soit, Tracie va partir immédiatement.

Savoir qu'elle va quitter le pays pour au moins un an enlève un fardeau invisible de mes épaules et je réalise que je n'avais pas entièrement conscience du poids qu'il avait. Elle avait tellement pris l'habitude de faire des apparitions surprises partout où j'allais que j'avais fini par apprendre à l'ignorer. Mais ce qu'elle a fait avec la voiture de Bianca dépasse les bornes. Déconner avec moi est une chose, mais je ne peux pas tolérer que Tracie apporte sa folie jusque sous mon toit, sous celui de Bianca.

Bianca est assise à côté de moi sur le canapé, bouche bée.

— Tu as fait quoi ?!

— Je leur ai dit que je démissionnerais.

Je caresse du pouce la peau douce derrière son bras.

Elle secoue la tête.

— Pourquoi ferais-tu un truc pareil ?

— C'était la seule chose à faire. Je leur ai dit que s'ils ne s'occupaient pas sérieusement de Tracie, je ne jouerais plus dans leur équipe.

En m'entendant répéter ces mots, elle se renverse en arrière.

— Qu'est-ce qu'ils ont dit ?

— Monsieur Turner a dit qu'il la mettrait dans un avion demain. Elle quittera le pays au moins un an pour être soignée dans une clinique huppée en Suisse.

Elle se rapproche jusqu'à ce que nos genoux se touchent.

— Et du coup, tu leur as dit que tu gardais ton boulot ?

— Je leur ai dit que je devais d'abord en parler avec toi.

Ses lèvres s'arrondissent avant de laisser échapper un lourd soupir.

— Tu démissionnerais pour moi ?

Je hoche la tête.

C'est de la folie, je le sais, mais ça serait la seule chose à faire qui ait du sens. Je ne veux pas que Bianca se sente trahie. J'ai besoin que la situation lui convienne, tout comme la prise en charge de Tracie, pour aller de l'avant. Pour nous…

— Tu ne peux pas démissionner, dit-elle en emmêlant ses doigts aux miens. Que tu sois prêt à le faire pour moi me touche énormément, mais je ne peux pas te permettre de le faire.

— Donc, tu es d'accord pour que je reste dans l'équipe tant qu'elle sera partie ?

— Vinnie, ce n'est pas un peu de peinture qui va m'effrayer, et ce n'est pas une raison suffisante pour que tu abandonnes l'équipe.

Je passe les vingt minutes suivantes à expliquer toutes les conneries qu'a faites Tracie en un peu moins d'un an. Depuis la fois à Vegas où elle s'est pointée toute nue à l'hôtel où ma famille logeait jusqu'à l'incident de la voiture. Bianca écoute dans un silence ahuri le récit insensé de ce qu'a été ma vie depuis que Tracie m'a pris pour cible.

— Tu comprends pourquoi j'ai dû leur poser un ultimatum ?

Bianca grimpe sur mes genoux et je saisis ses hanches.

— Je comprends. C'est assez sexy de ta part d'être prêt à tout claquer pour moi, mais ce n'est pas ce que je veux.

Elle pose ses mains sur ma poitrine et appuie son sexe

exactement au bon endroit sur le mien pour provoquer chez moi une érection immédiate.

— C'est ton rêve. Tu as trimé toute ta vie pour avoir cette opportunité. Tu dois les appeler pour leur dire que tu ne pars pas.

J'enfonce mes doigts dans ses hanches et la fais basculer d'avant en arrière pour que nos corps se frottent comme la première fois où on a joui.

— Je les appellerai demain matin. Je dois m'occuper de choses plus importantes, dis-je avec un sourire en coin avant de me pencher pour embrasser ma chérie. Eux peuvent attendre. Toi, non.

Avant qu'elle puisse discuter ma décision, je couvre sa bouche avec la mienne pour conclure la conversation et cette journée. Rien d'autre ne compte que la femme sur mes genoux et sa façon de gémir profondément quand je fais glisser ma langue entre ses lèvres pulpeuses.

CHAPITRE 25
BIANCA

JE ME RÉVEILLE avant l'aube et reste au lit à regarder Vinnie dans la faible lueur de la ville qui entoure notre immeuble. Sa silhouette massive prend plus de la moitié du lit, mais il dort paisiblement. J'en profite pour étudier, sans être distraite, les traits de son visage, puis les creux et les bosses de son corps finement sculpté.

Depuis mon entrevue avec Susan, j'ai échafaudé des millions de scénarios différents pour trouver la bonne fin à mon roman. Les actes de Vinnie hier après-midi et sa volonté de mettre un terme à sa carrière pour moi étaient un geste chevaleresque. Le genre de geste qu'un héros de mes livres ferait précisément pour l'amour de sa vie.

Je ne pensais pas pouvoir être contente à ce point ni pouvoir ouvrir mon cœur à nouveau, surtout à un playboy comme Vinnie – j'aurais plutôt imaginé ça impossible ou stupide. Mais voilà où j'en suis : allongée près de ce bel homme, totalement éprise de lui.

Je me glisse hors du lit et traverse la chambre sur la pointe des pieds. Je ramasse au passage mes habits par terre et me dirige vers la porte. L'inspiration me prend et je tiens à avoir quelques heures sans interruption pour plancher sur le dernier chapitre de mon roman avant de le rendre à mon éditrice avec les nouvelles modifications.

Les mots coulent de mes doigts et je finis par être si captivée que je n'entends même pas Vinnie se réveiller et me rejoindre dans la cuisine. Je le remarque seulement, debout derrière moi sirotant un café, quand je me retourne pour me servir moi-même une autre tasse.

— Je t'ai réveillé ?

Ses lèvres remuent mais je n'entends pas un mot de ce qu'il dit. Je réalise alors que je porte toujours mon casque antibruit, que j'utilise pour m'isoler du chahut de la ville. Je l'enlève et le pose sur l'îlot central. Vinnie pouffe derrière son mug de café.

— Tu ne m'as pas réveillé. J'ai un entraînement tôt ce matin et je dois parler au coach et à monsieur Turner avant d'aller sur le terrain. Je veux être sûr que Tracie est bien partie avant de leur dire oui.

Je dévore des yeux sa poitrine nue.

— Y a-t-il un seul jour où tu ne t'entraînes pas ?

Il secoue la tête et repose son mug sur le comptoir.

— Je ne rate jamais un entraînement, à moins d'être en vacances, répond-il avant de tendre un bras pour m'entourer la taille. Heureusement, sinon j'aurais des courbatures après nos positions d'hier soir.

— Tu as dépassé mon imagination.

Il plonge son visage dans mon cou.

— Ce n'est qu'un début, ma belle. Il y a encore un tas de positions que je n'ai pas testé.

Je fonds contre lui en sentant ses dents érafler ma peau.

— J'ai hâte de voir combien de tours tu as encore dans ton sac.

Je plane totalement, perchée sur un petit nuage dans les bras d'un homme avec qui je ne me serais jamais imaginée être.

— Tu ferais mieux de partir avant qu'on soit tous les deux détournés de nos objectifs.

J'ai envie de retourner au lit et de passer des heures à explorer nos corps, mais mon livre et son équipe nous attendent.

— Que fais-tu, aujourd'hui ? demande-t-il.

— Je déjeune avec ma mère.

Cette perspective ne m'enchante pas. Je l'aime beaucoup, mais sa façon d'envisager mon avenir est très différente de la mienne. Elle n'est pas convaincue par Vinnie et la dernière fois que je lui ai parlé, je ne l'étais pas non plus.

— Il va te falloir une voiture, dit-il en tendant le bras vers son téléphone posé sur le comptoir.

Je l'arrête dans son élan pour l'empêcher d'appeler qui que ce soit.

— Je prendrai un taxi.

Il détaille mon visage de ses beaux yeux verts.

— Tu en es sûre ?

En me hissant sur les doigts de pieds, je l'embrasse rapidement et acquiesce.

— Parfaitement sûre. Je n'aurais pas pris ma voiture de toute façon. Se garer est un enfer, en centre-ville.

Il passe un bras autour de ma taille et m'attire énergiquement contre lui.

— Que fais-tu dimanche ?

— Je vais travailler, probablement.

— Viens manger chez mes parents avec moi.

— Encore ?

Je me suis bien amusée chez eux, la première fois, même s'ils étaient un peu envahissants. Au moins, sa famille est bien plus détendue que la mienne.

— Oui, encore. C'est la tradition dominicale, et Ma m'a déjà dit de venir avec toi. C'est un incontournable et, à moins que tu veuilles entendre Betty frapper à ta porte, je te conseille de venir.

Je ricane en imaginant sa mère avec ses cheveux roux tambourinant à ma porte.

— Ta famille me plaît.

— Eh bien, dit-il en repoussant une mèche de mes cheveux, c'est réciproque.

Il se penche pour m'embrasser, mais je serre fermement la bouche parce que je ne me suis pas lavé les dents et que j'ai déjà vidé la moitié d'une cafetière.

— Je t'appelle plus tard.

Je hoche la tête, la bouche toujours fermée, et souris.

Quelques minutes plus tard il est parti, et je me retrouve seule avec mes mots et les personnages de mon roman qui en sont au moment où ils comprennent qu'ils ne peuvent pas vivre l'un sans l'autre.

Les heures s'écoulent et les pages se noircissent l'une après l'autre. Je suis tellement captivée par l'histoire que j'en oublie presque le rendez-vous avec ma mère. Quand l'alarme se déclenche sur mon écran m'indiquant treize heures, j'enlève mes écouteurs et file à la douche. Déjà que le déjeuner va être éprouvant, si j'arrive en retard, ma mère sera contrariée et me fera la leçon comme à une gamine.

Ma mère étudie le menu, assise dans une posture impeccable.

— J'ai demandé à oncle Mateo de faire quelques recherches, dit-elle avec nonchalance. Il a trouvé des choses intéressantes.

Je lâche le menu sur mon assiette, me foutant complètement du vacarme que fait l'argenterie qui rebondit en dessous.

— Je ne t'ai jamais demandé de faire *quelques recherches* et je me fiche complètement des *choses intéressantes* qu'il a trouvées.

Ma mère pince les lèvres comme si elle suçait quelque chose d'acide.

— Il n'est pas l'homme qu'il te faut, Bianca.

Aux yeux de ma mère, aucun homme sur la planète n'est assez bien pour moi, à part quelques exceptions de son choix. Et il n'y a pas un seul de ceux qu'elle apprécie qui m'intéresse un tant soit peu. Ce sont des bêcheurs ennuyeux qui snobent ma carrière, ce qui est rédhibitoire pour moi. Mes mots sont ma ligne de vie, ils m'équilibrent et me rendent heureuse depuis l'époque où, toute petite, j'écrivais des contes de fées.

Je me redresse, les mains à plat sur la nappe couleur ivoire, essayant de maîtriser le volume de ma voix pour ne pas attirer l'attention des tables voisines.

— Ça ne te regarde pas.

— Tu es ma fille, quand même.

— Je suis vraiment heureuse pour la première fois depuis très longtemps et toi, tu vas tout piétiner en croyant marcher dans la merde.

Son sourire se crispe. Elle essaie toujours de garder bonne figure au cas où quelqu'un la regarderait.

— Surveille ton langage, jeune fille, et le ton que tu emploies avec moi.

Je ris sans la moindre once de joie.

— Je croyais qu'on allait passer un bon moment. Il faut croire que tu avais d'autres plans.

— Son père est un mafieux criminel, Bianca. C'est le genre de personne que tu as envie de fréquenter ?

Je plisse les yeux.

— Tu veux vraiment qu'on s'amuse à comparer nos familles ?

Même si ma mère aime prétendre qu'on est une bonne famille modèle, on a des ombres noires dans notre arbre généalogique. Qui est-elle pour juger un homme selon les péchés de son père ?

— Si je me souviens bien, ton père n'était pas le plus honnête des citoyens, lui dis-je pour lui rappeler qu'elle ne vient pas du côté nanti de la famille comme elle le sous-entend.

— Mon père a fait des erreurs stupides quand il était jeune. Il a payé pour ses fautes et s'est remis sur le droit chemin.

— Imagine que papa ait refusé d'être avec toi à cause de l'illustre passé de ton père… Comment l'aurais-tu vécu ?

Je refuse de la laisser punir Vinnie pour ce que son père a fait par le passé. C'est injuste. Et même si notre relation la met hors d'elle, elle n'a pas son mot à dire concernant mon avenir.

— Ses parents ne m'aimaient pas, répond-elle.

— Donc, tu as envie de reproduire la même chose ? Si on n'est pas très proches de la famille de papa, c'est parce que sa mère ne t'a jamais acceptée à cause de ton histoire familiale.

Ma mère repose le menu devant elle et chasse d'une main le serveur quand il approche.

— Si je ne m'entendais pas avec sa famille, c'était aussi pour d'autres raisons.

— Et c'est ce que tu nous souhaites ? Tu veux me renier parce que je suis tombée amoureuse d'un homme que tu ne crois pas assez bien pour moi ?

— Tu viens à peine de le rencontrer, n'en fais pas tout un drame. Il n'est bon ni pour toi ni pour ta carrière.

— Il est parfait pour moi et pour ma carrière, maman. Il comprend la quantité de temps dont j'ai besoin pour travailler. Il ne pleurniche pas parce que je ne passe pas assez de temps avec lui. Il est le premier homme que je rencontre qui ne me met pas la pression pour que je me consacre plus à lui.

— Vous vous connaissez à peine.

— Autant que papa et toi quand tu t'es enfuie avec lui pour l'épouser. Mais, attends, tu étais déjà enceinte de Luis, pas vrai ?

Je sais que mes paroles la piquent. Elle a toujours essayé de nous convaincre qu'elle était tombée enceinte juste après leur mariage, mais on sait tous que c'est faux. Quand on était enfants, elle aimait jouer la carte de la vierge immaculée avant mariage.

— C'est un playboy, Bianca. Tu es juste une autre conquête à son tableau de chasse. Tout le monde sait comment sont les athlètes. Ne sois pas puérile et naïve.

— Je suis au courant de son passé, dis-je en me levant et en repoussant ma chaise. Si tu ne peux pas accepter notre amour ni voir Vinnie comme ma moitié, alors on ne peut pas déjeuner ensemble. Soit tu l'acceptes, soit tu me perds.

Sans lui laisser le temps de répondre, je tourne les talons.

Je vais la laisser ruminer mes paroles et aller se plaindre à mon père de mon comportement irrespectueux. Il lui remettra les idées en place, comme toujours. Elle réagit toujours avec exagération en exigeant que les autres fassent comme elle l'entend sans penser d'abord à leur bonheur.

Je refuse de la laisser dénigrer Vinnie et sa famille. Je me suis bien renseignée sur la famille Gallo après une brève recherche sur internet. Je n'accepterai pas que Vinnie paie pour les péchés de son père, un homme que j'apprécie, au passage, et qui a de fait, changé.

J'ai parcouru la moitié de la rue en slalomant dans la foule qui encombre le trottoir quand je réalise avoir dit à ma mère que j'étais amoureuse de Vinnie.

C'est la première fois que je suis totalement honnête envers moi-même. Avant, je me disais seulement qu'il me plaisait ou qu'il n'était qu'une passade. Mais quand il m'a demandé d'être sa petite amie et après notre escapade, j'ai su que je voulais être avec lui et personne d'autre.

Cet homme était prêt à renoncer à une immense carrière de footballeur professionnel pour moi. Il n'y a que lui pour faire ça.

— Bianca !

J'entends la voix de ma mère par-dessus le brouhaha de la rue.

— Arrête-toi !

Je me retourne et aperçois ma mère qui court en talons hauts, remuant ses mains en l'air. Je suis tentée de passer mon chemin. Je suis sûre qu'elle me poursuit pour tourner encore un peu plus le couteau dans la plaie.

— Ma puce, dit-elle en essayant de reprendre son souffle quand elle arrive enfin à ma hauteur. Pardonne-moi. J'ai eu tort. C'est toi qui as raison.

Ce doit être la première fois de toute ma vie que ma mère me dit ces mots-là.

— Sur toute la ligne ?

Elle acquiesce.

— J'ai eu tort de le juger par rapport au passé de son père ou au sien. Je vois bien que tu es heureuse. Plus heureuse que je ne t'aie vue l'être depuis longtemps, dit-elle en posant sa main sur ma joue. Tout ce que je veux, c'est ton bonheur.

— Oui, je suis heureuse, maman. Vinnie n'est pas celui que tu crois. Il est gentil, attentionné et altruiste. Il est tout ce que j'attends d'un partenaire.

Des larmes lui montent aux yeux mais elle secoue la tête pour les ravaler.

— Reviens au restaurant et parle-moi de lui.

Je suis prête à refuser. J'ai peur que ce soit un traquenard, mais c'est aussi ma seule chance d'expliquer à ma mère toute mon histoire avec Vinnie pour qu'elle me lâche la grappe une fois pour toutes.

— D'accord. Mais tu n'as pas le droit de dire une seule chose négative.

Elle prend une profonde inspiration puis expire lentement.

— Je te promets d'écouter et de faire preuve d'ouverture d'esprit. S'il te plaît, ma chérie. Tu es ma seule fille ; j'ai envie de savoir ce qu'il se passe dans ta vie.

— OK, maman. J'y retourne avec toi. Mais si tu dis encore quoi que ce soit du même genre, on en restera là.

Elle hoche la tête.

— Compris. Je ne peux pas envisager ma vie sans toi, mon cœur. Si tu l'aimes, je l'aimerais. Je ne veux surtout pas qu'on se froisse comme ton père l'a fait avec ses parents.

— Ça ne dépend que de toi.

Elle attrape ma main et emmêle ses doigts aux miens.

— Recommençons à zéro. Raconte-moi votre voyage, dit-elle quand on rebrousse chemin vers le restaurant.

Je passe les deux heures qui suivent à lui raconter qui est le vrai Vinnie Gallo, comment il a risqué sa carrière pour moi et m'a emmenée sur une île privée pour m'aider à surmonter le stress que j'avais à finir d'écrire mon livre en cours. Je lui dis tout… Enfin, pas en matière de sexe. Certaines choses ne sont pas faites pour être partagées, surtout pas avec sa mère.

CHAPITRE 26
VINNIE

JE NE PEUX PAS EFFACER le sourire benêt que j'ai sur le visage en regardant Bianca entrer dans le centre d'entraînement sportif. Elle passe le badge que je lui ai donné sur le bipeur et l'agent de sécurité lui adresse un rapide hochement de tête.

Elle ne me quitte pas des yeux. Ses talons hauts cliquettent sur le linoléum et le rythme de ses pas s'accélère à mesure qu'elle approche de moi.

— Je suis là, je suis là. Que s'est-il passé ?

Je passe un bras autour de sa taille et l'attire contre moi.

— J'ai eu le job, ma belle !

Elle me fixe en fronçant ses sourcils sombres à la courbe parfaite.

— Je croyais que tu avais déjà le job.

Je secoue la tête.

— Non, je suis nommé quarterback titulaire. C'est du solide – à moins que je foire complètement les matchs de présaison ou que je me blesse.

Elle pose ses mains sur ma bouche.

— Ne dis pas ça tout fort, tu vas te porter la poisse.

— Ma belle, dis-je en resserrant mon bras autour d'elle et en tenant son menton de mon autre main. Je suis bien trop chanceux pour avoir la poisse. Je suis né sous une bonne étoile.

— Eh bien, répond-elle en souriant, c'est vrai que tu m'as trouvée…

— Et je t'ai conquise. Et faite mienne.

Elle hoche la tête.

— On peut dire que tu as eu de la chance.

En maintenant toujours son visage vers moi, je me penche et l'embrasse sur les lèvres. Ces lèvres qui sont à moi.

— Tu vois… Je suis le plus gros veinard de la planète.

Elle fait glisser un bras par-dessus mon épaule et enfonce ses doigts dans mes cheveux.

— Mon beau, dit-elle en m'imitant quand je m'adresse à elle, peut-être que si tu fais du bon boulot, ce soir on pourra fêter ça et tu seras chanceux une fois de plus.

Mon esprit dérive vers toutes les choses cochonnes qu'elle pourrait faire pour rendre cette journée encore plus mémorable.

— N'écris pas des histoires qui sont des chèques en blanc.

Elle fronce à nouveau les sourcils.

— Pardon ?

Je suis du doigt la pulpe de sa lèvre inférieure.

— Je veux faire un jeu de rôle.

— Un jeu de rôle ?

J'acquiesce.

— Je veux jouer une scène de ton livre. Vivre pendant un moment dans ta jolie petite tête.

— Tu veux mimer mon livre ?

Je souris en pressant ses fesses.

— Pas n'importe quel livre. *Le livre*.

— Lequel ?

— *Sienne*.

Elle écarquille les yeux.

— Celui-là est tellement…

— Lubrique et vicieux ?

Mon sexe remue dans mon short, parce que ce livre a été au-delà de ce dont mon esprit pervers et déglingué aurait pu rêver.

Elle sort sa langue de sa bouche et la passe sur sa lèvre en frôlant le bout de mon doigt. Ça me demande tous les efforts du monde pour ne pas la coincer dans un placard inutilisé pour lui faire tout ce qui me passe par la tête.

— Eh bien, ça fait un bout de temps que j'ai écrit ce livre. Je ne sais pas si je m'en souviens suffisamment pour pouvoir faire un jeu de rôle.

— Ma belle, dis-je avec un sourire en serrant fermement ses fesses dans mes mains. J'ai tout mémorisé. On est prêts, crois-moi.

Bianca jette un coup d'œil par-dessus mon épaule.

— Putain… Cette salope ! murmure-t-elle en se figeant dans mes bras.

Je tourne la tête pour suivre son regard en la gardant contre moi. Tracie traverse le couloir à grandes enjambées dans notre direction.

— Elle se rend à l'aéroport. Ne fais pas attention à elle.

Bianca laisse glisser ses mains sur mes bras avant de repousser ma poitrine en gigotant pour se dégager de mon emprise.

— Je vais la défoncer.

Je n'ai jamais vu Bianca folle de rage, prête à en

découdre. J'aime cette partie d'elle. Beaucoup. J'attrape son bras avant qu'elle ne s'éloigne trop.

— Non, ma belle. Elle s'en va. Elle n'est personne.

Bianca plisse les yeux et son regard devient glacé.

— Cette salope, me dit-elle sèchement en fixant ma main d'un regard noir, a bousillé ma voiture et m'a traitée de pute. Cette salope ne s'en tirera pas comme ça, sans que je lui dise quelques mots.

D'où sort cette Bianca-là ? Celle que je connais, en dehors des mots diaboliquement érotiques qu'elle écrit, peut se montrer vive, mais pas à ce point-là.

— Alors tu ferais bien de me lâcher et de me laisser régler ça.

— Fais attention, s'il te plaît, dis-je tout en retirant ma main parce que cette Bianca fiche un peu les jetons.

Je sais qu'il vaut mieux se tenir à carreau des femmes en colère. Daphne me l'a appris. Et ma mère aussi, putain. Il n'y a pas deux personnes plus flippantes qu'elles quand ça barde. Sauf qu'à présent, je peux ajouter Bianca sur la même liste.

Tracie fixe Bianca tandis qu'elles marchent droit l'une vers l'autre. Je ne suis pas loin. S'il le faut, je m'interposerai. Il n'y a aucune chance que je laisse Bianca en prendre une.

— Tu ferais mieux d'effacer ce sourire de ton visage, dit Bianca à Tracie alors qu'elles ne sont plus qu'à quelques mètres l'une de l'autre.

Tracie se met à rire et s'arrête devant Bianca.

— Je pars peut-être aujourd'hui, mais je reviendrai. On sait toutes les deux à qui il appartient, sale pute.

Cette garce délire complètement. Je ne sais pas si elle pourra être soignée avant que je sois mort et enterré, aussi bonne que soit la clinique en Europe. Parfois, la folie est incurable.

La posture de Bianca change du tout au tout et je sais ce qu'il va se passer. J'ai déjà été témoin de nombreuses bagarres entre filles. Et ce n'est pas la première fois que deux femmes se battent pour moi, mais c'est la première fois qu'une femme que j'aime veut envoyer une concurrente au tapis.

Je tends le bras vers Bianca. Je ne me soucie pas de Tracie ou de mon boulot, mais de la sécurité de ma chérie, parce que parfois la vraie démence l'emporte sur le pouvoir et la raison. Mais je ne suis pas assez rapide.

La tête de Tracie part de côté sous la gifle de Bianca. Le coup résonne dans tout le couloir.

Bianca avance pour prendre Tracie entre quatre yeux.

— Il est tout entier à moi, pauvre salope. Si tu m'approches encore ou t'en prends à l'un des miens, je te tuerai.

Rapidement, je tire Bianca en arrière et me mets devant elle.

— Il y a un problème ? demande le coach Malik en sortant la tête de son bureau.

Son regard passe de Bianca et moi à Tracie qui se tient la joue en nous fusillant des yeux comme si on allait le payer.

— Aucun problème, Malik, répond Tracie d'une voix lugubre. J'étais sur le départ.

— Oh que oui, putain, siffle Bianca à voix basse derrière moi.

— Tout va bien, monsieur, dis-je avec un sourire, mais putain, je suis tellement tendu que je me sens prêt à exploser.

Malik ne disparaît pas dans son bureau pour autant ; il nous observe tandis que Tracie passe à côté de moi. Je me tourne pour protéger Bianca de ce que pourrait manigancer Tracie dans son cerveau malade.

Elle fredonne quelque chose pour elle-même en marchant

d'un pas nonchalant comme si de rien n'était. Je ne la quitte pas des yeux, tout comme coach Malik et Bianca, jusqu'à ce qu'elle pousse la porte et sorte du bâtiment.

J'attire Bianca devant moi et l'attrape par les épaules.

— Qu'est-ce qui t'a pris ?

Elle hausse les épaules.

— On a tous nos limites.

— J'ignorais que tu avais ça en toi.

— Je suis désolée. Je n'ai pas pu m'en empêcher.

Je la prends dans mes bras et appuie son visage sur ma poitrine.

— Ne t'excuse pas. C'était sexy. Tu m'aimes… d'un amour féroce, ma belle.

J'emmêle mes doigts dans ses cheveux et je tire doucement sa tête en arrière pour la regarder dans les yeux.

— Mais ne refais plus ce genre de connerie. Je n'ai jamais frappé une femme, mais si elle t'avait fait du mal, j'aurais dû m'en mêler.

— Non, tu n'aurais pas eu à le faire, dit-elle avec une attitude de défi, en levant le menton.

— Tu es ma petite amie. C'est mon rôle. Je ne laisserai personne te faire du mal.

Bianca me rit au nez.

— Je ne suis pas une petite chose fragile. Je n'ai pas besoin qu'on me protège. Mes frères m'ont appris à me battre et à me défendre.

— Maintenant, je suis là. Tu n'as plus besoin de te battre toute seule. Tu es trop importante pour moi, dis-je en portant ses doigts à mes lèvres. Tes mains sont trop précieuses pour s'abîmer en distribuant des gifles.

Elle me dévisage pendant que j'embrasse sa main. Ses

lèvres remuent comme si elle voulait me contredire, je le vois dans ses yeux.

— Laisse-moi prendre soin de toi, dis-je avant de l'embrasser sur la bouche pour clore le débat.

Elle se laisse fondre contre moi et m'embrasse avec une passion à la fois teintée de colère et de désir. Quand je me détache d'elle, ses yeux sont toujours fermés.

— Bon, partons d'ici. On a des projets.

— Des projets ? demande-t-elle en haussant un sourcil.

Je prends son visage dans mes mains et appuie mon sexe dur contre son ventre.

— Ma belle, ne me fais pas marcher. Une grande soirée nous attend.

— Très grande, dit-elle en gloussant de rire.

— Tu ne riras pas, tout à l'heure. Tu seras trop occupée à sucer ma queue pendant que je jouerai avec ton joli petit sexe étroit.

Elle redevient sérieuse.

— Tu as vraiment lu ce livre ?

Je tapote ma tempe.

— J'ai mémorisé tout le délire. Prépare-toi, ma belle. On va vivre une nuit bestiale.

ÉPILOGUE

VINNIE

UN MOIS *plus tard*

— Je pense que tu as complètement perdu la tête, dit Bianca en vidant un paquet de chips dans un bol. Ça va être un désastre total.

Je lui réponds, alors que la porte d'entrée s'ouvre :

— C'est la seule chose à faire.

— Bonjour ! crie ma mère.

Sa voix résonne dans l'espace quasiment vide parce que je n'ai pas eu le temps de finir de meubler mon appartement. Je lui lance :

— Dans la cuisine !

Bianca ronchonne dans sa barbe en poussant le bol de chips près de la sauce sur l'îlot central de la cuisine.

— Tu ne diras pas que je ne t'avais pas prévenu.

Le reste de ma famille est sur la terrasse et attend l'arrivée de mes parents. La famille de Bianca ne va pas tarder à débarquer. On a aussi invité ses frères, même si notre liaison ne leur plaît toujours pas.

C'est ma seule chance d'inverser le cours des choses.

273

Bianca m'a raconté ce qu'il s'était passé pendant le déjeuner avec sa mère l'autre fois et je ne veux surtout pas que quoi que ce soit se mette en travers de notre chemin. J'ai pensé qu'une fête réunissant nos deux familles était nécessaire pour aller de l'avant. C'est possible, à moins que cette initiative me pète à la gueule et complique encore plus les relations.

Ma mère se précipite vers Bianca et la serre contre elle, avant de couvrir ses joues de baisers.

— Tu es très jolie, ma chérie, dit Ma avant de faire un pas en arrière pour admirer Bianca dans sa nouvelle robe d'été. Tous les deux, vous allez faire des bébés merveilleux.

Bianca blanchit.

— Ma, laisse-la tranquille.

J'attire ma mère en arrière et la prends dans mes bras. Par-dessus son épaule, j'articule en silence des excuses envers Bianca.

— Toujours aussi éblouissante, dit mon père en prenant la main de Bianca pour l'embrasser.

Ma mère ne s'attarde pas dans mes bras parce qu'elle n'est pas du genre à rester en place très longtemps.

— Où sont mes bonnes manières ? dit-elle en tirant sur le côté de sa robe pour arranger le tissu parce qu'elle essaie toujours de paraître bien mise. En quoi puis-je aider ?

— Tout est prêt, répond Bianca en venant se poster à côté de moi, mais j'enroule un bras autour de sa taille et l'attire contre moi.

— Il ne reste plus qu'à lancer la cuisson des steaks. La famille de Bianca va arriver d'une minute à l'autre.

— J'aurais dû préparer une salade de chou ou quelque chose, dit Ma en secouant la tête. Je n'aime pas arriver les mains vides.

La salade de chou de ma mère a un goût de salade

mélangée à de la colle à papier peint. C'est un plat des plus simples à préparer et pourtant, elle trouve le moyen de le rendre immangeable.

— Ma chérie, intervient mon père en prenant ma mère par la main. Je pense que Vinnie et Bianca ont tout prévu. Que dirais-tu d'un petit verre ?

— Je ne dirais pas non, répond Ma, abandonnant heureusement l'idée de nous aider à préparer le repas.

— On a installé tout un bar dehors, dis-je avec un mouvement de tête vers la terrasse où ma sœur et mes frères boivent en riant tous ensemble.

— Où sont tes parents, ma chérie ? demande Ma à Bianca.

— Ils seront là d'une minute à l'autre, répond Bianca en triturant un torchon.

J'attrape sa main et détourne son attention du bout de tissu.

— Ça va bien se passer, ma belle. Arrête de te faire du mauvais sang.

— C'est toujours impressionnant quand les familles se rencontrent, mais je promets qu'on se montrera sous notre meilleur jour, dit Ma en souriant avant d'ajouter en me jetant un coup d'œil : j'y veillerai.

Bianca hoche la tête et répond :

— Je suis sûre que ça va bien se passer.

— Vous pouvez nous laisser une minute ? dis-je à mes parents parce que j'ai besoin d'un moment de calme avec ma chérie.

— On va attendre dehors, dit Pop en attirant Ma vers la terrasse. Prenez votre temps.

J'attrape Bianca par les épaules et plonge mon regard dans ses yeux brun miel.

— Inspire profondément.

Elle m'écoute, pour une fois, et inspire.

— Expire…

Elle s'exécute.

— Détends-toi, Bianca. Nos familles vont très bien s'entendre.

— Je ne sais pas, Vinnie. C'est une étape importante.

— C'est une étape importante pour nous deux, mais j'ai une arme secrète.

— Tu ne peux pas te servir de ta queue magique avec tout le monde, répond-elle en riant.

— Bien que cette idée soit à la fois perturbante et drôle, ce n'est pas celle que j'avais.

— Comment vas-tu t'y prendre, alors ?

Elle doute toujours de moi. Ça m'est égal, d'être sous-estimé. Je l'ai été toute ma vie. Mais je sais très bien comment séduire n'importe qui. C'est une chose que j'ai apprise de mon père.

— J'ai pris des pass pour tout le monde pour aller voir tous les matchs à domicile de la saison.

— Même pour ma famille ?

J'acquiesce.

— Pour tout le monde. J'aurai mon groupe privé de supporters.

— Tu vas soudoyer les hommes avec ça, mais ça n'impressionnera pas ma mère.

Elle a raison. Je n'avais pas pensé à ça. Ma mère sera ravie parce que je suis son fils, mais la mère de Bianca sera plus coriace à séduire.

— Je trouverai quelque chose.

— Je n'en doute pas, dit-elle avec un sourire en coin. Tu arrives toujours à tes fins.

Bianca sursaute en entendant retentir la sonnette.

— Ils sont là, dit-elle d'une voix pleine d'appréhension.

— Reste ici et concentre-toi sur ta respiration. Je vais leur ouvrir.

Je me dirige vers l'entrée en m'adressant quelques mots d'encouragement parce que je sais que ça ne va pas être de la tarte.

Quand j'ouvre la porte, je tombe sur son père. Il sourit et a l'air content mais je ne l'ai jamais vu autrement.

— Bonjour, mon grand, dit-il et j'aime entendre ce mot venant de lui. Ravi de te revoir.

— Monsieur Hernandez, dis-je en serrant la main qu'il me tend.

Madame Hernandez vient à ses côtés, dévoilant son beau visage.

— Vincent, dit-elle, et sa réticence envers moi est évidente.

— Madame Hernandez, c'est un plaisir de vous revoir.

Je lui fais un baise-main, un peu charmeur mais sans en faire des tonnes.

— Également, répond-elle.

— Ne sois pas si coincée, Luciana, lance Abuela derrière elle. Retire le balai que tu as dans le cul et fous-lui la paix.

En entendant les paroles d'Abuela, je ne peux pas m'empêcher de rire, mais je baisse la tête pour le dissimuler. Elle pousse du coude sa fille et son beau-fils pour venir se planter devant moi.

— Laisse-moi voir ce visage, dit-elle en levant les mains en l'air en attendant que j'avance.

Je place mon visage dans ses mains parce que je ne prendrais pas le risque de la contrarier.

— Encore plus beau à la lumière du jour, dit-elle doucement en caressant mes joues avec ses pouces. L'avenir qui t'attend est plein de bonheur.

— Abuela, dit Bianca en attrapant sa grand-mère pour la serrer contre elle. Je suis tellement contente que tu sois venue.

— Je n'aurais raté ça pour rien au monde, ma chérie, lui répond-elle en lui souriant comme si elle était le plus beau cadeau que la Terre ait porté.

Je suis un peu jaloux de leur relation. Je n'ai jamais connu mes grands-parents. Ils sont morts tous les quatre avant ma naissance.

Je m'efface du passage en les invitant d'un geste :

— Entrez, entrez.

Bianca relâche sa grand-mère mais se retrouve aussitôt dans les bras de son père. Madame Hernandez entre et parcourt du regard l'espace en grande partie vide.

— Gallo, dit Luis en passant la porte et en m'adressant un mouvement du menton.

— Luis, content de te revoir, mec.

Je lui donne une poignée de main en m'attendant à ce qu'il la serre brutalement pour se montrer dominant, mais il n'en fait rien.

— Je ne vais pas te faire mal. Du moins, pas encore, dit-il.

— C'est gentil de ta part, dis-je en riant.

— Ça va ? demande Javi en nous rejoignant, son frère et moi.

— Javi, dis-je en souriant, mais Luis ne me lâche pas la main.

— Écoute Gallo, dit Javi en faisant craquer les articulations de ses doigts. On t'aime en tant que quarterback, mais ta liaison avec notre sœur est une autre histoire. Si tu vas trop loin et la fais pleurer, on te cassera la gueule.

Je hoche la tête. Je sais comment ça se passe entre frères et sœurs. Je réponds :

— Je n'en doute pas.

Je ne m'en fais pas non plus. Non seulement je cours plus vite qu'eux, mais quels que soient les coups qu'ils pourraient me donner, je les leur rendrais bien plus fort et plus vite.

— Et si on allait vous chercher un verre ? dis-je aux deux frères quand Luis relâche enfin sa poignée de main lugubre.

— C'est joli, chez vous, dit madame Hernandez en jouant avec les perles à son cou.

— J'adore la façon dont vous avez arrangé l'appartement de Bianca. Je me demandais… dis-je en me frottant la nuque, espérant qu'elle morde à l'hameçon et marquer ainsi un point auprès d'elle. Je me demandais si vous m'aideriez à décorer le mien.

Elle paraît choquée par ma requête.

— Vous voulez que je vous aide à décorer votre loft ?

J'acquiesce.

— Quand Bianca m'a dit que vous aviez décoré son appart, je suis allé voir votre site web. J'aime beaucoup votre style. J'ai besoin d'aide pour agencer cet endroit. Est-ce que vous voudriez m'aider ?

— Bien sûr, répond-elle en souriant. Ces lofts sont des merveilles pour les designers, avec toute cette lumière et ces espaces ouverts…

— C'est passé crème, chuchote Bianca en passant près de moi.

À ce moment-là, mes parents arrivent pour souhaiter la bienvenue à la famille de Bianca. Ma mère était tout excitée à l'idée de cette rencontre. Les femmes de mes frères et le mari de ma sœur n'avaient pas beaucoup de famille autour d'eux, alors cet événement est nouveau pour nous tous.

— Je suis Betty, dit ma mère avant d'attraper la mère de Bianca pour lui faire un gros câlin.

Je me marre en voyant Bianca, terrifiée, qui s'attend à ce que sa mère pète un câble.

— Mon Dieu, ce que vous êtes belle ! dit Ma.

À ce compliment, Madame Hernandez boit du petit lait.

— J'adore vos cheveux, Betty. Je m'appelle Luciana, mais mes amis m'appellent Ana.

— Ana, je suis si heureuse de faire enfin votre connaissance. Je suis absolument conquise par votre fille. Elle est la meilleure chose qui soit jamais arrivée à mon fils.

Je dois bien le reconnaître. Même d'avoir été choisi au premier tour des sélections n'a rien de comparable avec le bonheur que je ressens aux côtés de Bianca.

— Et qui est ce beau diable ? demande Ma en tournant son attention vers le père de Bianca.

— Jesús, dit-il en prenant la main de ma mère pour la porter à ses lèvres de la même façon que mon père quand il fait son numéro de charme.

— Jesús, répète ma mère avant de le prendre dans ses bras. Votre famille est très belle.

Mon père s'éclaircit la gorge, parce que ma mère est tellement occupée à serrer dans ses bras la famille de Bianca qu'elle semble l'avoir oublié.

— Pardon, voici mon mari, Santino.

— C'est un plaisir, monsieur Hernandez, dit mon père en souriant, tendant sa main au père de Bianca.

— Jesús, s'il vous plaît.

— Tino.

Jusqu'ici, tout va bien. Personne ne s'est insulté ou tapé dessus.

— Que vos enfants sont beaux, dit Ma en regardant enfin Javi et Luis.

— Allons dehors, dis-je parce que ça devient gênant.

Ce festival de l'amour est formidable, mais j'ai besoin de boire un verre et, à voir l'expression sur le visage de Bianca, je pense qu'elle aussi.

———

Bianca se tient à mes côtés et regarde nos familles converser sans s'arrêter. Je crochète mon bras autour de sa taille et l'attire contre moi. J'admire un moment la ville vue de la terrasse.

— Tout se passe bien, lui dis-je, tout en me sentant plus nerveux qu'en début de journée. Tu veux un verre ?

Le dîner s'est passé bien mieux que prévu. Il n'y a pas eu de silence gênant ni d'échange virulent. Les fratries se sont bien entendues et ont parlé sport. Au fond, nos familles sont les mêmes : des hommes machos, des femmes autoritaires, tous unis par des tonnes d'amour.

— Non, je ne suis pas d'humeur. Je dois garder l'esprit clair. Tout se passe étrangement en douceur, dit-elle avant de boire une gorgée d'eau. Même ma mère a l'air de s'amuser. Bien joué pour l'idée de la déco, au passage.

— J'ai pensé que ça lui plairait et que ça nous permettrait de faire plus ample connaissance.

Bianca pose sa tête contre mon bras en soupirant.

— Vous êtes un petit rusé, monsieur Gallo.

— Je suis toujours prévoyant, ma belle.

J'ai passé ma vie à tout planifier dans les moindres

détails : les activités sportives à l'école, les diplômes, la meilleure équipe universitaire et ma carrière professionnelle. La seule chose que je n'avais pas prévue, c'est Bianca. Je n'étais pas sûr de pouvoir trouver un jour quelqu'un qui ferait de moi l'homme d'une seule femme. Puis, elle m'est tombée dans les bras comme si elle avait toujours été faite pour moi. Je l'embrasse sur la tête et lui demande :

— Tu es heureuse ?

— Plus que je ne l'ai été depuis longtemps, répond-elle en me jetant un coup d'œil quand je me redresse. Tu me rends heureuse.

— Tu ne regrettes pas d'avoir renoncé à tes vœux d'abstinence ?

— Je ne regrette pas d'avoir fait ces vœux non plus. Imagine, sinon… J'aurais peut-être rencontré quelqu'un d'autre et on n'en serait pas là tous les deux maintenant.

Je soutiens son menton avec mes doigts.

— Tu étais faite pour être avec moi, Bianca. Aucun autre homme que moi n'aurait pu te convenir. On aurait fini ensemble de toute façon, quelle qu'ait été ta vie avant que j'emménage.

— Tu es toujours si sûr de toi, dit-elle avec un sourire.

— Quand je veux quelque chose, rien ne peut m'empêcher de l'obtenir.

Je me penche vers elle et l'embrasse sur les lèvres.

— Tu sais être très convaincant, dit-elle avec un sourire en coin.

— Je pense qu'il est temps de faire la surprise.

J'attrape sa main pour qu'on retourne vers nos familles.

— Ils vont être comme des fous.

Elle n'a même pas idée…

— Reste ici. Je vais chercher les tickets.

Elle hoche la tête et se tourne vers sa grand-mère.

— Tout se passe bien, Abuela ?

J'entre dans l'appartement et me retourne un instant pour regarder ces deux familles et la fille qui a si rapidement conquis mon cœur. Je suis comblé, maintenant, dans ma vie. Le temps des fêtes de jeunesse est terminé. La vie de playboy qui finissait par me lasser est terminée. Pour la toute première fois, je me sens adulte et concentré sur mes objectifs, sachant exactement comment les atteindre.

Je prends une profonde inspiration et secoue mes mains, comme je le fais toujours avant les matchs importants. Mais aujourd'hui, il ne s'agit pas d'un défi sportif. Ce qui est en jeu est tellement gros que je pourrais facilement finir en ayant tout perdu.

J'attrape les tickets dans le tiroir ainsi que la boîte bleu-turquoise que je cachais à Bianca.

— C'est maintenant ou jamais. Je gère, me dis-je à moi-même.

La boîte cachée sous les tickets, je retourne sur la terrasse. Ma chérie se tourne vers moi avec un beau sourire, s'attendant à ce que je fasse plaisir à nos familles mais sans savoir quelle carte je m'apprête à jouer.

Je m'éclaircis la gorge et les bavardages se tarissent lentement tandis que tout le monde se tourne vers moi.

— Bianca et moi voulons vous remercier d'être venus aujourd'hui.

Bianca se lève de sa chaise et vient se mettre à mes côtés.

— Je sais qu'on est tous excités par la saison de football qui va commencer la semaine prochaine et par le nouveau livre de Bianca qui sortira au printemps. On voulait fêter notre succès avec vous et j'ai pensé vous offrir à chacun un pass pour tous les matchs de la saison.

Je remue les tickets en l'air avant de les donner à Angelo qui en prend deux et fait passer les autres. Le père et les frères de Bianca sont sous le choc, les yeux rivés sur leur billet.

— C'est pour la tribune famille. Boissons et nourriture à volonté, tout inclus.

— Mec, c'est énorme, dit Luis sans ironie.

On progresse.

— Tu n'étais pas obligé de faire ça, fils, me dit monsieur Hernandez, avec un visage ravi.

Madame Hernandez n'est pas tellement impressionnée, mais elle fait bonne figure pour jouer le jeu.

Bianca rayonne à mes côtés.

— Ils sont contents, dit-elle.

— Encore une chose, dis-je en prenant sa main pour y déposer la minuscule boîte.

Elle baisse les yeux sur la petite boîte entourée de ruban blanc.

— Qu'est-ce que c'est ?

— Ouvre-la, dis-je en l'invitant à le faire d'un geste.

Ses mains tremblent quand elle défait le ruban et je mets un genou à terre. Le chahut familial cesse et je sais que tout le monde nous regarde.

Des larmes montent aux yeux de Bianca quand elle ouvre la boîte et son regard plonge vers moi.

— Vinnie, tu ne peux pas…

— Bianca, dis-je pour l'interrompre en prenant sa main pendant qu'elle regarde le diamant. J'ai toujours cru être heureux, mais je ne savais rien du bonheur avant que tu entres dans ma vie.

— Vinnie… murmure-t-elle et des larmes se mettent à rouler sur ses joues.

— Je sais qu'on ne se connaît pas depuis longtemps, mais on dit que quand tu rencontres la personne que tu vas aimer toute ta vie, tu le sais. Je n'ai jamais dit ces mots-là à personne, excepté aux gens qui sont derrière moi. Je ne les dirais pas facilement ou sans les penser profondément. Je t'aime, Bianca. Je te veux pour femme. Veux-tu m'épouser ?

Il y a un « oh » collectif quand je prononce la dernière phrase. Quand je prends sa main et la bague qu'elle tient entre deux doigts, elle est en pleurs.

— On n'est pas obligés de se marier tout de suite. On peut attendre le printemps, après la fin de la saison, mais je veux que tout le monde sache que je suis à toi comme tu es à moi. Je t'aime de tout mon être, ma belle. Dis-moi que tu seras mienne pour toujours.

Elle ne dit toujours rien et ne fait que pleurer. Je suis au bord de la panique, prêt à perdre la tête. Peut-être que je suis complètement à côté de la plaque et qu'elle est plus amoureuse de ma queue que de moi. On ne s'est encore jamais dit *je t'aime*, mais je sais avec qui je veux être, et c'est avec elle.

Je tiens la bague devant son doigt, attendant une réponse. Sa bouche s'ouvre et se referme et je me prépare au refus que je redoutais mais qui est tout à fait possible.

— Oui ! Oh, mon Dieu, oui…

Elle se jette dans mes bras avant que j'aie pu lui passer la bague au doigt. Elle embrasse mes joues puis mes lèvres, chuchotant « oui » encore et encore.

Je passe un bras autour d'elle et la serre contre moi. Je suis le plus chanceux des hommes !

— Ta main, ma belle. Donne-moi ta main.

Elle me tend sa main qui tremble encore quand je passe la bague à son doigt.

— Je t'aime aussi, dit-elle avec un petit rire avant d'essuyer ses larmes.

Le soleil éclate sur le diamant et Bianca plie son poignet pour admirer la bague.

— Il est énorme, dit-elle les yeux écarquillés.

Ça me rappelle la tête qu'elle a faite la première fois que j'ai baissé mon pantalon et qu'elle m'a vu nu.

— Rien n'est trop bien pour ma chérie, dis-je en prenant son visage dans mes mains pour regarder ses yeux brun miel. Je veux passer une éternité à te gâter pour te montrer combien je tiens à toi.

— Eh bien, mon cœur, dit ma mère derrière nous. On a un autre mariage à organiser.

— Mon Dieu… marmonne mon père.

Nos familles se félicitent de notre engagement et j'entends même madame Hernandez prononcer des paroles heureuses.

J'ai ma chérie dans mes bras et ma bague à son doigt. Que rêver de mieux ? Tout est parfait.

Bianca attrape mon visage.

— J'ai une surprise, moi aussi, dit-elle avec un faible sourire.

— J'adore les surprises, ma belle, dis-je en souriant et en la serrant contre moi.

— On attend un bébé.

— Tu plaisantes ? dis-je à voix basse, parce que je suis presque sans voix.

— Non. Tu m'as mise en cloque.

Je vais être père.

Un putain de père.

Mon cœur se met à battre follement et de la sueur commence à perler sur mon front.

— Je vais être papa, dis-je encore mais à voix haute, cette fois, parce que j'ai du mal à y croire.

— Et oui, répond-elle en hochant la tête avec un sourire nerveux.

Je la soulève dans les airs et la fais tournoyer. Nos familles n'ont rien entendu parce que tout le monde est trop occupé à parler de notre mariage.

— Ne le dis à personne, lui dis-je à l'oreille. Ton père pourrait bien me tuer.

— C'est notre secret, répond-elle, parce que mon père te tuerait en effet ou, au moins, il te pourchasserait dans ton propre appartement et finirait probablement par se faire assommer. Et n'oublions pas mes frères…

Quand je la repose à terre, je ne peux pas m'empêcher de toucher son ventre.

— Tu portes mon fils…

— Ou ta fille.

— Un bébé, dis-je dans un murmure.

J'ai du mal à croire que tout ça est réel.

— Je savais que ce jour arriverait, dit Abuela en venant s'asseoir près de nous, un sourire satisfait sur le visage. Vous feriez bien de préparer rapidement la fête prénatale pour le bébé.

Bianca se raidit et agrippe ma chemise alors que le silence emplit la pièce parce que tout le monde a entendu ce qu'Abuela vient de dire.

— Quoi ? demande son père à l'autre bout de la table, en plissant les yeux.

Il n'a pas l'air aussi content qu'il l'était il y a quelques secondes.

— Elle plaisante, dit Bianca en touchant la main de sa grand-mère. N'est-ce pas, Abuela ?

— Bien sûr, répond Abuela en tapotant sa main. Mais un bébé suivra bientôt.

— Vous m'avez fait peur, un instant, dit monsieur Hernandez quand sa belle-mère revient un peu sur sa déclaration. Pas tout de suite, ma douce… Vous devez penser à vos carrières respectives.

— Oui, papa. Je sais.

Je me penche vers elle et lui demande à l'oreille :

— Combien de temps va-t-on mentir à tout le monde ?

Bianca garde un sourire aux lèvres pendant que nos familles recommencent à parler du mariage.

— Juste quelques mois.

Je peux arriver à mentir quelques mois, non ? Je veux dire… ce n'est pas si difficile de cacher une chose pareille à ma famille, non ?

Merci d'avoir lu Tumulte.
*La saga familiale continue avec **AMOUR** !*

Tatoueurs Chicago Sud
MEN OF INKED®

Lisez Maintenant

Chelle est une écrivaine à temps plein éprise de légèreté, accro aux réseaux sociaux et au café. C'est une ancienne professeure d'histoire.

Vous trouverez plus d'informations sur les livres de Chelle sur menofinked.com.

Recevez ma newsletter en vous inscrivant sur
menofinked.com/french

Rejoignez mon Groupe de Lecteurs Privé sur Facebook :
facebook.com/groups/blisshangout

Vous souhaitez m'écrire quelques mots ?

facebook.com/authorchellebliss1

instagram.com/authorchellebliss

bookbub.com/authors/chelle-bliss

goodreads.com/chellebliss

tiktok.com/@chelleblissauthor

amazon.com/author/chellebliss

pinterest.com/chellebliss10